周作人著作

立春以前

锺叔河——编订

岳麓書社·长沙

太平书局本《立春以前》

岳麓书社开始重印

周作人著作

人归人，文归文。周作人其人的是非功过是另一问题，其书的主要内容是对传统文化和国民性进行反思，对中国——西方和中国——日本的文化历史进行比较研究，今之读者却不可不读。岳麓书社以编印《知堂书话》《知堂序跋》《知堂杂诗抄》之熟手，已经开始重印周作人的全部著作，1987—88两年内全部出齐，力求：

书价最便宜　　装帧最大方　　校订最精审

“民国”时期尤其是沦陷时期所印书，错字甚多。岳麓书社决定由编审亲任周氏著作的校订，对原印本错字悉予改正，同时仍列出勘误表，记载原有错讹，以便对勘，且示负责。各书均分单本平装、合订精装两种版本，一利卧读，一利庋藏。周氏的集外文和未刊稿，亦正请上海黄裳、北京舒芜、香港黄俊东、新加坡郑子瑜诸先生协助整理，由本社初版印行。特此广告，请读者速向当地新华书店预订。本社即将请各省市书店统一报数。

自己的园地 0.99元
雨天的书 0.90元
泽泻集 0.50元
过去的生命 0.45元
}大32开精装 合订本3.90元

谈龙集 0.90元
谈虎集 1.66元
}大32开精装 合订本3.95元

永日集 0.81元
看云集 0.95元
夜读抄 0.90元
}大32开精装 合订本3.90元

苦茶随笔 0.99元
苦竹杂记 1.05元
风雨谈 0.90元
}大32开精装 合订本4.35元

瓜豆集 0.99元
秉烛谈 0.81元
药堂语录 0.45元
药味集 0.70元
}大32开精装 合订本3.95元

药堂杂文 0.90元
书房一角 0.95元
秉烛后谈 0.80元
}大32开精装 合订本3.60元

苦口甘口 0.85元
立春以前 0.95元
过去的工作 0.54元
知堂乙酉文编 0.75元
}大32开精装 合订本4.00元

知堂回想录 2.90元（精装）4.50元

欧洲文学史 0.78元
艺术与生活 1.25元
儿童文学小论 0.53元
中国新文学的源流 0.55元
}大32开精装 合订本4.00元

〔以下系初版新书，不属重印〕

知堂集外文编（上、下） 7.00元
知堂书话（上、下） 6.00元
知堂序跋 3.20元
知堂杂诗抄 0.80元
儿童杂事诗（丰子恺插图） 1.20元

编者的话

钟叔河

一九八七年一月三日《光明日报》上，岳麓书社刊出了我拟稿的一帧广告（左图），宣布了书社和我对重印周作人著作的观点：

“人归人，文归文。周作人其人的是非功过是另一问题，其书的主要内容是对传统文化和国民性进行反思，对中国—西方和中国—日本的文化历史进行比较研究，今之读者却不可不读。……”

随即便开始出书。既出周作人著作的单行本，也出精装合订本。两年之间，出了二十四种。

书当然不是想出便能出的，得按规矩，走程序。周家授权了，报告批复了，宋木文、杨牧之、伍杰各位领导都当面或来信表示应允和支持了，便能够出了。

出就得出好。当时强调了两条：（一）因为均系据旧本重印，所以一定要认真校订，尽力改正旧本误植失校的错误；（二）因为手稿不存，无法对勘，所以一定要详出校记，改动处一概保留原文，承担责任。

这两条，读者看来大都是认可的。直到如今，在旧书网上，八十年代“岳麓版”的周作人著作，始终都卖得不错。

现在，岳麓书社决定又来出版周作人著作，仍然要我负责编订，做法则一仍其旧。主要还是这些书，还是这两条，新的广告也就不必再做了。

鄢琨君三十年前和我同编了这些书，此次仍然合作，蒋浩君也参加了进来。校记原列表在书末，如今改作尾注。二君新增校改之处，分别标出“鄢校”“蒋校”，特此说明，并志感谢。

二〇一八年五月十五日于长沙。

出版题记

《立春以前》，自称“是我的散文集之第二十二册”，无序，有后记一篇，收文三十三篇（《几篇题跋》分作八篇计），“差不多全是半年中所写”，也差不多全是和别的“正集”内容一样的“正经文章”。如《关于教子法》《〈男人与女人〉》之论妇女儿童，《关于宽容》《医师礼赞》之论人的修养，《关于测字》《关于送灶》之述民间习俗，《蚯蚓》《萤火》之记草木虫鱼，《杂文的路》《文坛之外》之论文章写作，均是好例。尤其是《十堂笔谈》十则，恳谈自己求知求学的经验教训，十分有意义。《〈广阳杂记〉》《〈和纸之美〉》等优美的书话，更是作者散文的一大特色。

本书于一九四五年八月由上海太平书局初

版，为作者一九四一年至一九四五年间出书七种中最后的一种，今即据以校订重印。

在书稿交付书局后，以及一九四五年底到一九四九年初在国民党的监狱中，作者仍未废写作。他翻译，写诗，作文，但作品发表多有待一九四九年以后，散文结集则是十多年以后和四十多年以后的事情了。

二〇二〇年五月二十九日，锺叔河。

目录

关于教子法

俞正燮《癸巳存稿》卷四，有《陆放翁教子法》一篇云：

放翁《寒夜》诗云，稚子忍寒守蠹简，老夫忘睡画炉灰。《新凉夜坐有作》云，砚屏突兀蓬婆雪，书几青荧莲勺灯，稚子可怜贪夜课，语渠循旧未须增。《冬夜读书示子遹》云，简断篇残字欲无，吾儿不负乃翁书。《喜小儿辈到行在》诗云，阿纲学书蚓满幅，阿绘学语莺啭木，画窗涴壁谁忍嗔，啼呼也复可怜人。其教子之主于宽也如此。就其集观之，其子才质宜于宽也。

《与建子振孙登千峰榭》诗云，二稚慧堪怜，犹赊志学年，善和书尚在，他日要人传。《浮生》诗云，横陈粝饭侧，朗诵短檠前，不用嘲痴绝，儿曹尚可传。《感贫》诗云，翁将贫博健，儿以学忘忧。《夜坐示子聿》云，学术非时好，文章且自由，不嫌秋夜永，问事有长头。《喜小儿病起》诗云，也知笠泽家风在，十岁能吟病起诗。《示儿》诗云，读书习气扫未尽，灯前简牍纷朱黄，吾儿从旁论治乱，每使老子喜欲狂，不欲饮酒竟自醉，取书相和声琅琅。《灯下晚餐示子遹》云，遹子挟册于于来，时与老翁相论难，但令歆向竟同归，门前籍湜何忧畔。《闲居》诗云，春寒催唤客尝酒，夜永卧听儿读书。《白发》诗云，自怜未废诗书业，父子蓬窗共一灯。《由南堰归》云，到家亦既夕，青灯耿窗扉，且复取书读，父子穷相依。《出游暮归戏作》云，莫道归来却岑寂，小儿同守短灯檠。《示子》诗云，老惫简编犹自力，夜深灯火渐当谋，大门旧业微如线，赖有吾儿共此忧。又云，儒林早岁窃虚名，白首何曾负短檠，堪叹一衰今至此，梦回闻汝读书声。《纵谈》诗云，高谈对邻父，朴学付痴儿。《忍穷》诗云，尚馀书两屋，手校付吾儿。《即事》诗云，诗成赏音绝，自向小儿夸。家庭文章之乐，非迂刻者所能晓也。

又有《示子聿》诗云，雨暗小窗分夜课，雪迷长镵共朝饥。《书叹》诗云，偶然得肉思共饱，吾儿苦让不忍违，儿饥读书到鸡唱，意虽甚壮气力微。苦读之况如此。又《短歌示诸稚》云，义理开诸孙，闵闵待其大，贤愚未易知，尚冀得一个。知爱之能劳也。

《南门散策》诗云，野蔓不知名，丹实何累累，村童摘不诃，吾亦爱吾儿。《幽居》诗云，雅意原知足，遄归喜遂初，久闲棋格长，多病钓徒疏，渍药三升酒，支头一束书，儿曹看翁懒，切勿厌蜗庐。《题斋壁》诗云，力穑输公上，藏书教子孙，追游屏裘马，宴集止鸡豚，寒士邀同学，单门与议婚，定知千载后，犹以陆名村。此三诗意思深长，君子人言也。放翁又有句云，儿孙生我笑，趋揖已儒酸。然则以陆名村定矣。

案：俞理初此文甚有情致，不特能了知陆放翁，对于小儿亦大有理解。所引放翁句中，我觉得有两处最为切要。其一云，阿纲学书蚓满幅，阿绘学语莺啭木，画窗涴[①]壁谁忍嗔，啼呼也复可怜人。其二云，野蔓不知名，丹实何累累，村童摘不诃，吾亦爱吾儿。此在古人盖已有之，最显著的是陶渊明，其《责子》诗云：

白发被两鬓，肌肤不复实。

【锺校】

①“涴”原作“浣”。

虽有五男儿，总不好纸笔。

阿舒已二八，懒惰故无匹。

阿宣行志学，而不爱文术。

雍端年十三，不识六与七。

通子垂九龄，但觅梨与栗。

天运苟如此，且进杯中物。

黄山谷跋说得最好，文曰："观靖节此诗，想见其人慈祥戏谑可亲①也，俗人便谓渊明诸子皆不肖，而愁叹见于诗耳。"昭明太子所撰陶渊明传中叙其为彭泽令时事云：

> 不以家累自随，送一力给其子，书云：汝旦夕之费，自给为难，今遣此力，助汝薪水之劳。此亦人子也，可善遇之。

《南史》隐逸传中亦载此一节，虽未知真实性如何，当是可能的事。《与子俨等疏》中云："汝等稚小，家贫每役，柴水之劳，何时可免，念之在心，若何可言。"遣力之说或②即由此生出，亦未可知。假如是的，则也会有那么的信，我只觉得说的太尽，又颇有点像《云仙散录》所载的话，所以未免稍有疑意耳。

【锺校】

①"亲"原作"观"。

②"或"原作"成"。

左思《娇女诗》是描写儿童的好文章，见于《玉台新咏》，世多知者，共二十八韵，其最有意思的，如云，浓朱衍丹唇，黄吻烂[1]漫赤，娇语若连琐，忿速乃明憓。又云，执书爱绨素，诵习矜所获。末云，任其孺子意，羞受长者责，瞥闻当与杖，掩泪俱向壁。清成书收入《多岁堂古诗存》卷四，后附评语云："写小儿女性情举动，无不入微，聪明处极可爱，懵懂处亦极可怜，此日日从掌中膝下见惯写来，寻常笔头刻画不能到此。"路德延有《孩儿诗》五十韵，见《宾退录》卷六，佳语甚多，今略举其数联，如云，寻蛛穷屋瓦，采雀遍楼椽。匿窗肩乍曲，遮路臂相连。竞指云生岫，齐呼月上天。垒柴为屋木，和土作盘筵。忽升邻舍树，偷上后池船。写小孩嬉戏情形颇妙，赵与时亦称之曰，书毕回思少小嬉戏之时如昨日。唯末联云，明时方在德，戒尔减狂颠，未免落套，解说以为讥朱友谦，或者即由此而出。昔曾同友人谈及翻译，日本语中有儿烦恼一语，在中国难得恰好对译之辞，大抵疼爱小儿本是人情之常，如佛教所说正是痴之一种，称之曰烦恼甚有意思，但如扩充开去，幼吾幼以及人之幼，更客观的加以图写歌咏，则

【锺校】

①"烂"原作"澜"。

此痴亦不负人，殆可称为伟大的烦恼矣。《庄子·天道篇》，尧告舜曰，吾不虐无告，不废穷民苦死者，嘉孺子而哀妇人，此吾所以用心也。此圣人之言，所谓嘉孺子者岂非即是儿烦恼的表现，如今拿来作解释，当不嫌我田引水也。

俞理初立言悉以人情物理为依据，故如李越缦言，既好为妇人出脱，又颇回护小儿，反对严厉的教育。《存稿》中有《师道正义》《尊师正义》《门客正义》各篇，都谈及这事，但是最重要的还是那一篇《严父母义》。其文云：

> 慈者，父母之道也。《大学》云，为人父，止于慈。《礼运》云，父慈子孝，谓之大义。父子笃，家之肥也。《左传》，晏子云，父慈子孝，礼也。父慈而教，子孝而箴，礼之善物也。而《易》“家人”云，家人嗃嗃，厉吉。又云，有孚，威如，终吉。“象传”云，家人嗃嗃，未失也。威如之吉，反身之谓也。“彖传”云，家人有严君焉，父母之谓也。然则嗃嗃同忧勤，未失慈爱，有孚为悲，威如为子妇之严其父母，而反身为父母之所以严。严父母，以子言之也。何以明其然也？
>
> 《孝经》云，孝莫大于严父，严父莫大于配

天。又云，以养父母日严。又云，祭则致其严。

皆谓子严其父母也。“表记”云，母亲而不尊，父尊而不亲。此汉儒失言，于母则违严君父母及养父母日严之训，于父则违慈孝之谊，由误以古言严父为父自严恶，不知古人言严皆谓敬之，《易》与《孝经》皆然。“学记”云，严师为难，师严而后道尊，亦言弟子敬之。《书》记舜言敬敷五教在宽，《史记》殷本纪及《诗》商颂“正义”引《书》均作敬敷五教，五教在宽，《中庸》记孔子言宽柔以教为君子之强，岂有违圣悖经以严酷为师者。知严师之义，则严父母之义明，而孝慈之道益明矣。

俞君此文素所佩服，如借用顾亭林的话，真可以说是有益于天下的文章。上边谈陆放翁的随笔以诗句为资料，作具体的叙述，这篇乃以经义的形式作理论的说明，父师之道得明，不至再为汉儒以来之曲说所蔽矣。关于师教不尚严苛，近人亦多言者，虽浅深不一，言各有当，亦足以供参考。冯班《钝吟杂录》卷一“家戒上”云：

为子弟择师是第一要事，慎无取太严者。师太严，子弟多不令，柔弱者必愚，刚强者怼而为恶，鞭扑叱咄之下使人不生好念也。凡教子弟勿违其天资，若有所长处，当因而成之。教之者所以开其知识也，养之者所以达其性也。年十四五时知识初开，精神未全，筋骨柔脆，譬如草木正当二三月间，养之全在此际。噫，此先师魏叔子之遗言也，我今不肖，为负之矣。

又云：

子弟小时志大言大是好处，庸师不知，一味抑他，只要他做个庸人，把子弟弄坏了。

王筠《教童子法》云：

学生是人，不是猪狗。读书而不讲，是念藏经也，嚼木札也，钝者或俯首受驱使，敏者必不甘心。人皆寻乐，谁肯寻苦？读书虽不如嬉戏乐，然书中得有乐趣[1]，亦相从矣。

又云：

作诗文必须放，放之如野马，踶跳咆嗥不受羁绊，久之必自厌而收束矣，此时加以衔辔，必俯首乐从。且弟子将脱换时，其文必变而不佳，此时必不可督责之，但涵养诱掖，待其自化，则文境必大进。

又云：

【锺校】

①“趣”原作“越”。

桐城人传其先辈语曰，学生二十岁不狂，没出息，三十岁犹狂，没出息。

王侃《江州笔谈》卷上云：

读书理会笺注，既已明其意义，得鱼忘筌可也；责以诵习，岂今日明了明日复忘之耶？余不令儿辈诵章句集注，盖欲其多读他书，且恐头巾语汩[①]没其性灵也，而见者皆以为怪事，是希夷所谓学《易》当于羲皇心地上驰骋，毋于周孔注脚下盘旋者，非也。

又卷下云：

教小儿，不欲通晓其言而唯责以背诵，虽能上口，其究何用。况开悟自能记忆，一言一事多年不忘，传语于人莫不了了，是岂再三诵习而后能者耶。

以上诸说均通达合理，即在今日犹不可多得，可以附传。此文补缀而成，近于文抄，唯在我自己颇为喜欢，久想着笔，至今始能成就，世有达人，当心知其意焉。

（民国甲申，十月十日记于北京）

【锺校】

①“汩”原作“汨”。

关于宽容

十七世纪的一个法国贵族写了五百多条格言，其中有一则云，宽容①在世间当作一种美德，大抵盖出于我慢，或是懒，或是怕，也或由于此三者。这话说的颇深刻，有点近于诛心之论，其实倒是事实亦未可知。有些故事记古人度量之大，多很有意思，今抄录两则于后：

> 南齐沈麟士尝出行，路人认其所着屐。麟士曰，是卿屐耶，即跣而反。其人得屐，送而还之。麟士曰，非卿屐耶，复笑而受。
>
> 宋富郑公弼少时，人有骂者。或告之曰，骂汝。公曰，恐骂他人。又曰，呼君名姓，岂骂他人耶。公曰，恐同姓名者。骂者闻之大惭。

这两件事都很有风趣，所以特别抄了出来，作为例

【锺校】

①“容”原作“仁”。

子。他们对于这种横逆之来轻妙地应付过去，但是心里真是一点都没有觉得不愉快的么，这未必然，大概只是不屑计较而已。不屑者就是觉得不值得，这里有了彼我高下的衡量之见，便与虚舟之触截然不同，不值得云者盖即是尊己卑人，亦正是我慢也。我在北京市街上行走，尝见绅士戴獭皮帽，穿獭皮领大衣，衔纸烟，坐包车上，在前门外热闹胡同里岔车，后边车夫误以车把叉其领，绅士略一回顾，仍晏然吸烟如故。又见洋车疾驰过，吆喝行人靠边，有卖菜佣担两空筐，不肯避道，车轮与一筐相碰，筐略旋转，佣即歇担大骂，似欲得而甘心者。岂真绅士之度量大于卖菜佣哉，其所与争之对象不同故也。绅士固不喜有人从后叉其领，但如叉者为车夫，即不屑与之计较，或其人亦为绅士之戴[①]皮帽携手杖者，则亦将如佣之歇担大骂，总之未必肯干休矣。卖菜佣并非对于车夫特别强硬，以二者地位相等，甲被乙碰，空筐旋转，如不能抗议，将名誉扫地，正如绅士之为其同辈所辱，欲保存其架子非力斗不可也。大度弘量，均是以上对下而言，其原因大抵可归于我慢。若以下对上，忍受横逆，乃是无力反抗，其原因

【锺校】

①“戴”原作“带”。

当然全由于怕，盖不足道。唯由于懒者殊不多见，如能有此类例子，其事其人必大有意思，惜乎至今亦尚无从征实耳。

对人宽大，此外还有一种原因，虽归根亦是我慢，却与上边所说略有不同，便是有备无患之感，亦可云自恃。这里最好的例是有武艺的人，他们不怕人家的攻击，不必太斤斤较量，你们尽管来乱捶几下，反正打不伤他，到了必要时总有一手可以制住你的，而且他又知道自己的力量，看一般之人有如初出壳的小鸡儿，用手来捏时生怕一不小心会得挤坏了，因此只好格外用心谨慎。这样的人大家大概都曾遇见过，我所知道得最清楚的有一位姓姚的，是外祖母家的亲戚，名为嘉福纲司。山阴县西界钱塘江，会稽县东界曹娥江，北为大海，海边居民驾蜑船航海，通称船主为纲司，纲或作江，无可考定。其时我年十三四，姚君年约四十许，朴实寡言，眼边红润，云为海风所吹之故，能技击，而性特谦和，唯为我们谈海滨械斗，挑起鹦哥灯点兵事，亦复虎虎有生气。可惜那时候年少不解事，不曾询问鹦哥灯如何挑法，至今以为恨。姚君的态度便是如我们上面所说的那样，仿佛是视民如伤的样子，毋我负人，宁人负我，不到最后是不还手的。不过这里很奇怪的是，关于自己是这样极端消极的取守势，有时候为了不相干的别人的事，打起抱不平来，却会得突然的取攻势，现出侠客的本色。有一天，他照例穿着毛蓝布大褂，很长的黑布背心，手提毛竹长烟管，在镇塘殿楝[①]树下一带的海塘上走着。这塘路是用以划分内河外海的，相当的宽且高，路平泥细，走起来很是舒服。他走到一处，看见有两个人在塘上厮打，某甲与某乙都是他认识的，不过他们打得正忙却没有看见他。不久某乙被摔倒了，某甲还弯下腰去打他，这是犯了规律了，姚君走过去，用手指在某甲的尾闾骨上一挑，他便一个跟斗翻到塘外去了。某乙忽然不见了打他的人，另外一个人拿着长烟管扬长的在塘上走，有点莫名其妙，只好茫然回去。至[②]于掉到海里去的人，淹死也是活该，恐怕也是不文的规律上所有的，没有人觉得不对，可是恰巧他识水性，所以自己爬上岸来，也逃出了性命。过了几天之后，姚君在镇塘殿的茶店里坐，听见某甲也在那里讲他的故事，承认自己犯规打人，被不知哪一个内行人挑下海里去，逃得回来实是侥幸。

【锺校】

①“楝”原作“栋”。

②“至”原作“只”。

姚君听了一声不响，喝茶完了，便又提了烟管走了回来。我听姚君自己讲这件事，大约就在那一年里，以后时常记起，更觉得他很有意思，此不独可以证明外表谦虚者正以其中充实故，又技击虽小道，习此者大都未尝学问，而规律井井，作止有度，反胜于士大夫，更令人有礼失而求诸野之感矣。

此外还有两件事，都见于《史记》，因为太史公描写得很妙，所以知道的人非常多。这是关于张良和韩信的：

> 良尝闲从容步游下邳圯上，有一老父衣褐至良所，直堕其履圯下，顾谓良曰，孺子下取履。良愕然欲殴之，为其老，强忍，下取履。父曰，履我。良业为取履，因长跪履之。父以足受，笑而去。良殊大惊，随目之。
>
> ×
>
> 淮阴屠中少年有侮信者曰，若虽长大，好带刀剑，中情怯耳。众辱之曰，信能死，刺我，不能死，出我胯下。于是信熟视之，俯出胯下蒲伏。一市人皆笑信，以为怯。

这里形容得活灵活现，原是说书人的本领，却也很合情理的。张韩二君不是儒家人物，他们所遇见的至少又是平辈以上的人，却也这么忍受了，大概别有理由。张良狙击始皇不中，避难下邳，报仇之志未遂，遇着老父开玩笑，照平常的例他是非打不可的了，这里却停住了手，为什么呢，岂不是为的怕小不忍则乱大谋么，书中说为其老，固然是太史公的掉笔头，在文章上却也更富于人情味。至于韩信，他被猪店伙计当众侮辱，很有点像杨志碰着了泼皮牛二，这在他也是忍受不下去的事，可是据说他熟视一番也就爬出胯下，可见其间不无勉强。

太史公云，淮阴人为余言韩信，虽为布衣时，其志与众异，那么他的忍辱也是有由来的了。

在抱大志谋大事的人，往往能容忍较小的荣辱，这与一般所谓大度的人以自己的品格作衡量容忍小人物，虽然情形稍有不同，但是同样的以我慢为基本，那是无可疑的。我看书上记载古人的盛德，读下去常不禁微笑，心里想道，这位先生真傲慢得可以，他把这许多人儿都不放在眼里，或者是一口吞下去了。俗语有云，宰相肚里好撑船，这岂不说明他就是吞舟之鱼么。像法国格言家那么推敲下去，这一班傲慢的仁兄们的确也并不见得可喜，而争道互殴的挑夫倒反要天真得多多。不过假如真是满街的殴骂，也使人不得安宁，所以一部分主张省事的人却也不可少，不过称之曰盛德，有点像是幽默，我想在本人听了未免暗地里要觉得好笑吧。印度古时学道的人有羼提这一门，具如《忍辱度无极经》中所说，那是别一路，可以说炉火纯青，为吾辈凡夫所不能及，既是门槛外的事，现在只好不提了。

（民国三十四年一月，小寒节中）

关于测字

周栎园的著作，除诗文集外，我都有点喜欢，颇想收集来看。所著如《因树屋书影》十卷，《闽小记》四卷，《读书录》四卷，《印人传》三卷，所辑如《字触》六卷，《同书》四卷，《尺牍新钞》三集各十二卷，均有可取，板刻亦多精好。《字触》有咸丰间伍氏刻本，收入《粤雅堂丛书》中，流传最多，其后有桑氏编《字触补》六卷，光绪辛卯年刊行，所补凡七百馀事。据《字触》方尔止序中云：

> 栎园周先生通才博学，无所不能，尝取谢石之法为人断疑，往往奇中，因据摭古今字说之有据者，萃为一编曰《字触》，触者随意所触，引而伸之，不必其字本义也。

原书虽分廋、外、晰、几、谐、说六部，重要的还是在于外之部，凡例中云：

> 外之为义，与触无殊，因一字而离合，连数

字为引申，全编大旨以此为归。

栎园本善测字，因有此兴趣故编《字触》一书，可为测字研究资料。赵瓯北《陔馀丛考》卷三十四《测字》一则中云：

> 案：此术不知起于何时。《后汉书》公孙述梦有人告之曰，八厶子系十二为期，述以为公孙当贵之兆，遂称帝。《蔡茂传》，茂梦坐大殿上，有三禾，茂取之得其中穗，又失，郭贺曰，于字禾失为秩，虽曰失之，乃所以得禄也。此后世测字之权舆，然未有专以此为术者。近见王棠《知新录》引宋谢石以拆字擅名，然此术实不自谢石始。

大抵论事物原始极不易，所引二事乃是占梦，不过以文字离合为之，与拈一字为占者不同，若文献可征，也只是可以说最早见于何时史传，不能即断为其时始有。俞曲园《右台仙馆笔记》卷十有《记范时行》一则，中有云：

> 拆字之术古谓之相字，在宋则有谢石，见何薳《春渚纪闻》，在明则有张乘槎，见镏绩《霏雪录》，谢石事人多知之，至张乘槎则知其名者少矣。其法随举一字，就机之所触而断吉凶。今江湖间挟此技糊口者，先有一定之字，各就其字

习成口诀，以应问者，此岂能有中哉。

查考测字的历史，大约只能如此，与其往前钻入牛角湾，还不如往后看他变迁之迹，假如能够看得出一点点来，倒是很有意思的事情吧。我们第一便举谢石为例，据《春渚纪闻》卷二所记，看他的字是怎么测法的：

谢石润夫，成都人，宣和间至京师，以相字言人祸福，求相者但随意书一字，即就其字离析而言，无不奇中者。有朝士其室怀妊过月，手书一也字令其夫持问石，是日座客甚众，石详视字谓朝士曰，此阁中所书否？曰，何以言之？曰，谓语助者，焉哉乎也，固知是公内助所书。尊阁盛年三十一否？曰，是也。以也字上为三十，下为一字也；然吾官人寄此当力谋迁动而不可得否？曰，正以此为挠耳。盖也字着水则为池，有马则为驰，今池运则无水，陆驰则无马，是安可动也；又尊阁父母兄弟近身亲人当皆无一存者，以也字着人则是他字，今独见也字而不见人故也；又尊阁其家物产亦当荡尽否，以也字着土则为地字，今又不见土也，二者俱是否？曰，诚如所言也。朝士即谓之曰，是皆非所问者，但贱室以怀妊过月，方切忧之，所以问耳。石曰，是必十三个月也，以也字中有十字，并两旁二竖下一画为十三也。

这里记的很是活现，实际或未必如此，但大概情形总可以知道了。张乘槎释来远楼事太简单，今且略去，改举范时行为例，《右台仙馆笔记》云：

乾隆间苏人有范时行者颇善此术，所言不烦而悉有意义，每日以得钱六百为率，钱足则谢客寂坐，有君平卖卜之风。一营兵拈棋字问终生休咎。范曰，凡围碁之子愈着愈多，象棋之子愈着愈少，今所拈是棋字非碁字，从木不从石，则是象棋子非围碁子也，恐家中人口日益凋零矣。其人曰，是也，然此非所问，问日后何如耳。范曰，观尔装束是行伍中人，乃象棋中所谓卒也，卒在本界止行一步，若过河后则纵横皆可行，以是言之，尔宜出外方可得志，然卒过河亦止行一步，纵尔外出亦不能大得志也。

馀二事不具录，曲园结论之曰：“诸如此类甚多，余幼时闻故老传说，今不能悉记，姑书此三事，庶范时行之名异时或与谢石张乘槎并传也。”第三个例可以举出吾乡的陶二峰来，在孙彦清《寄龛丙志》卷四中有一则云：

越陶二峰咸同间以拆字名，积资成小康，且

享高年，盖精其艺，谈言多奇中，人皆信之，因之随事寓劝戒，多所感化，理宜获福报也。偶与友人论宋谢石事，忆得所见数则书之，他日可备传方伎者蓝本。

有无赖欲构陷人，就拈得翠字。陶曰，君从军得翎顶乎？曰，何由知之。陶曰，卒头着羽，易见也。无赖为瞿然，请究其说，则书卒字，画其中成辛字曰，看似辛苦立业，又并书两人字曰，毕竟满腹小人计划，又书羽字，加番字曰，自谓羽毛丰满，若不翻然悔悟，又书两卒字，一加石一加瓦曰，恐石也碎瓦也甄。无赖遂戢其谋。

有欲讼其兄者，拈得未字。曰，此事得勿有佘姓若朱姓者主之乎？因书两未字，一加入一加撇曰，佘看似人实非人，朱则不成人也。其人实有县吏[1]朱某役佘某唆之，遂大服。乃拭未上画加木下曰，明明一本之亲，如何自斧其根，以下陵上。又书天字，引笔自下而上作直贯之曰，纵有一枝刀笔冲得天破，又先书人字，加两画成天字曰，须知天字盖得人字周周正正，平放眼前，

【锺校】

①“吏”原作“史”。

倘天理人心认不清楚，又书未字加口字曰，恐将来恶味有说不尽也。其人亦惕然而止。

有甲乙各拟与人合资营运。甲拈得摺字，如书右旁曰，君于此既所素习，又书左旁作两字，一加巴一加屋曰，颇有把握。又书羽字，加两笔曰，但能落笔停匀，是好朋友，又书拍字曰，必然合拍。又书白加巾曰，果然财帛分明，又书扌加殳，又书白字手字各一曰，则投无不利，不难白手成家。乙拈得多字，书两字，一加句一加果曰，自嫌不够，勾引他人，强人合夥，必无结果。又并书两夕字曰，硬拉拢来，看似朋友，毕竟心中一半不交付君。又书夕加口曰，恐有名无实，徒多口舌尔。后甲果得利，乙竟以折阅成讼。所以神验者，由字旁原系卦象，虽就字立说，其吉凶则仍以日辰与易理消息而得之。

余素不信术数，甲子小试前偶为同学强邀，就拈得施字。陶曰，君前此殆久屈矣，因书艹曰，芹字犹未全也，继就加斤曰，然不日成事矣，且高占芹头，名次当不居人下。又书两也字，一加氵曰，有池可养化龙鱼，一加土曰，有地可栽栖凤竹。又书一施字一芳字曰，勉之哉，倘能德施于民，可以流芳百世。是年侥幸果以第一入县学，然末二语则因循至今，徒呼负负，转以无能贻陶君失言之诮矣。

此一则有七百馀字，今全录之，因为足以见近代测字的情形，同治甲子距今已八十年，其施术次第与口吻似无多变革，孙君此文颇有史料的价值。陶二峰测字店后来尚存在，光绪癸巳春间余曾从章运土一往看，主者仍称陶二峰，年仿佛四十许，当是二峰之孙辈。是岁值大当年，新年供祖像有古铜大五事，即烛台香炉插瓶，需人看守以防窃盗，运土来任此役，及十八日了后乃抽空往测字，因与偕往。所拈何字及如何拆法已不记忆，唯闻主者语中有昏天黑地，阴阳搭戤云云，末则厉声曰，勿可着鬼似的那么着，着鬼者俗语谓鬼附体也。测字毕，视运土惶恐不堪，垂头丧气而出。当时不知这是怎么一回事，颇以为怪，及后若干年闻运土出妻，纳村中寡妇，家运日倾，乃悟其时盖正在计划此事，为术者所诃斥，唯未能遂戢其谋，为可惜耳。

测字而加以训责，似为陶二峰家传之方式，其如何决定应骂与否颇为微妙，孙君虽归之于易理，恐未必然，大抵是由于经验，察言观色，定其人为何如人，所谋为何如事，殆可得其七八矣。越中有看相为业者颇有名，尝语其友人曰，吾辈看相根据相书者十之三，悬揣者亦十之三，其他则出于多年之经验，有如老朝奉看当头，看得多也就看得准，一眼看定，还出价去，也总十不离九了。读书人捧牢书本，只知道说那一套正宗的空话，对于眼前的人情物理全不了解，误了多少大事，连测字看相的江湖术士还不如，此种惭愧我辈不可不知也。

（三十三年十一月十一日，东郭生记）

关于送灶

翻阅历书，看出今天已是旧历癸未十二月二十三日，便想起祭灶的事来。案：明冯应京《月令广义》云：

> 燕俗，图灶神锓于木，以纸印之，曰灶马，士民竞鬻，以腊月二十四日焚之，为送灶上天。别具小糖饼奉灶君，具黑豆寸草为秣马具，合家少长罗拜，祝曰，辛甘臭辣，灶君莫言。至次年元旦，又具如前，为迎灶。

刘侗《帝京景物略》云：

> 二十四日以糖剂饼黍糕枣栗胡桃炒豆祀灶君，以槽草秣灶君马。谓灶君翌日朝天去，白家间一岁事，祝曰，好多说，不好少说。记称灶老妇之祭，今男子祭，禁不令妇女见之。祀馀糖果，禁幼女不得令啖，曰，啖灶馀则食肥腻时口圈黑也。

《日下旧闻考》案语乃云：

京师居民祀灶犹仍旧俗，禁妇女主祭，家无男子，或迎邻里代焉。其祀期用二十三日，惟南省客户则用二十四日，如刘侗所称焉。

敦崇《燕京岁时记》云：

二十三日祭灶，古用黄羊，近闻内廷尚用之，民间不见用也。民间祭灶惟用南糖关东糖糖饼及清水草豆而已，糖者所以祀神也，清水草豆者所以祀神马也。祭毕之后，将神像揭下，与千张元宝等一并焚之，至除夕接神时再行供奉。是日鞭炮极多，俗谓之小年下。

震钧《天咫偶闻》，让廉《京都风俗志》均云二十三日送灶，唯志又云，祭时男子先拜，妇女次之，则似女不祭灶之禁已不实行矣。

南省的送灶风俗，顾禄《清嘉录》所记最为详明，可作为代表，其文云：

俗呼腊月二十四夜为念四夜，是夜送灶，谓之送灶界。比户以胶牙饧祀之，俗称糖元宝，又以米粉裹豆沙馅为饵，名曰谢灶团。祭时妇女不得预。先期僧尼分贻檀越灶经，至是填写姓氏，焚化禳灾，篝灯载灶马，穿竹箸作杠，为灶神之轿，舁神上天，焚送门外，火光如昼，拨灰中篝盘未烬者还纳灶中，谓之接元宝。稻草寸断，和青豆为神秣马具，撒屋顶，俗呼马料豆，以其馀食之眼亮。

这里最特别的有神轿，与北京不同，所谓篝灯即是善富，同书云：

厨下灯檠，乡人削竹成之，俗名灯挂。买必以双，相传灯盘底之凹者为雌，凸者为雄。居人既买新者，则以旧灯糊红纸，供送灶之用，谓之善富。

《武林新年杂咏》中有善富灯一题，小序云：

以竹为之，旧避灯盏盏字音，锡名燃釜，后又为吉号曰善富。买必取双，俗以环柄微裂者为雌善富，否者为公善富。腊月送灶司，则取旧灯载印马，穿细薪作杠，举火望燎曰，灶司乘轿上天矣。

越中亦用竹灯檠为轿，名曰各富，虽名义未详，但可知燃釜之解释殆不可凭。各富状如小儿所坐高椅，高约六七寸，背半圆形即上文所云环柄，以便挂于壁间，故有灯挂之名。中间有灯盘，以竹连节如杯盏处劈取其半，横穿斜置，以受灯盏之油滴，盏用瓦制者，置檠上，与锡瓦灯台相同。小时候尚见菜油灯，唯已不用竹灯檠，故各富须于年末买新者用之，亦不闻有雌雄之说，但拾篝盘馀烬纳灶中，此俗尚存，至日期乃为二十三日，又男女以次礼拜，均与吴中殊异。俗传二十三日平民送灶，堕贫则用二十四日，堕贫者越中贱民，民国后虽无此禁，仍不与齐民伍，但亦不知究竟真是二十四日否也。厉秀芳《真州竹枝词》引云：

二十三四日送灶，卫籍与民籍分两日，俗所谓军三民四也。

无名氏《韵鹤轩[1]杂著》卷下有《书茶膏阿五事》一篇，记阿五在元妙观前所谈，其一则云：

一日者余偶至观，见环而集者数十百人，寂寂如听号令。膏忽大言曰，有人戏嘲其友曰，闻君家以腊月廿五祀灶，有之乎？友曰，有之，先祖本用廿七，先父用廿六，及仆始用廿五，儿辈已用廿四，孙辈将用廿三矣。闻者绝倒。余心惊之，盖因俗有官三民四，乌龟廿五之说也。

《杂著》《笔谈》各二卷，总名《皆大欢喜》，道光元年刊行，盖与顾铁卿之《清嘉录》差不多正是同时代也。

送灶所供食物，据记录似均系糖果素食，越中则

【锺校】

①“鹤轩”原作“轩鹤”。

用特鸡，虽然八月初三灶司生日以蔬食作供，又每月朔望设祭亦多不用荤，不知于祖饯时何以如此盛设，岂亦是不好少说之意耶。祭毕，仆人摘取鸡舌，并马料豆同撒厨屋之上，谓来年可无口舌。顾张思《土风录》卷一“祀灶”下引《白虎通》云，祭灶以鸡。又东坡《纵笔》云，“明日东家应祭灶，只鸡斗酒定燔吾”，似古时用鸡极为普通。又范石湖《祭灶》云，“猪头烂肉双鱼鲜”，则更益丰盛矣。灶君像多用木刻墨印，五彩着色，大家则用红纸销金，如《新年杂咏》注所云者，灶君之外尚列多人，盖其眷属也。《通俗编》引《五经通义》谓灶神姓苏，名吉利，或云姓张，名单，字子郭，其妇姓王，名搏颊，字卿忌。《酉阳杂俎》谓神名隗，一字壤子，有六女，皆名察洽。此种调查不知从何处得来，但姑妄听之，亦尚有趣，若必信其姓张而不姓苏，大有与之联宗之意，则未免近于村学究，自可不必耳。

关于灶的形式，最早的自然只有明器可考，如罗氏《明器图录》，滨田氏《古明器图说》所载，都是汉代的作品，大抵是长方形，上有二釜，一头生火，对面出烟，看这情形似乎别无可以供奉灶君的地方。现今在北京所看见的灶虽多是一两面靠墙，可是也无神座，至多墙上可以贴神马，罗列祭具的地位却还是没有。越中的灶较为复杂，恰好在汪辉祖《善俗书》中有一节说的很得要领，可以借抄。这是汪氏任湖南宁远知县时所作，其第四十二则曰用鼎锅不如设灶，有小引云，宁俗家不设灶，一切饮食皆悬鼎锅以炊，饭熟另鼎煮菜，兄弟多者娶妇则授以鼎锅，听其别炊。文中劝人废鼎用灶，记造灶之法云：

余家於越，炊爨以柴以草，宁远亦然，是越灶之法宁邑可通也。越中居人皆有灶舍，其灶约高二尺五六寸，宽二尺馀，长六尺八尺不等。灶面着墙处，墙中留一小孔，以泄洗碗洗灶之水。设灶口三，安锅三口，小锅径宽一尺四寸，中锅径宽一尺六寸或一尺八寸，大锅径宽二尺或二尺二寸。于两锅[①]相隔处旁留一孔，安砂锅一曰汤罐，三锅灶可安两汤罐，中人之家大概只用两锅灶。

尺四之锅容米三升，如止食十馀人，则尺六尺八一锅已足。锅用木盖，约高二尺，上狭下广。入米于锅，米上馀水二三指，水干则饭熟矣。以薄竹编架，横置水面，肉汤菜饮之类，皆可蒸于架上，一架不足，则碗上再添一架，下架

【锺校】

①“锅”原作“罐”。

蒸生物，上架温熟物，饭熟之后稍延片时，揭盖则生者熟，熟者温，饭与菜俱可吃，而汤罐之水可供洗涤之用，便莫甚焉。锅之外置石板一条，上砌砖块，曰灶梁，约高二尺馀，宽一尺馀，着墙处可奉灶神，馀置碗盘等物。梁下为灶门，灶门之外拦以石条，曰灰床，饭熟则出灰于床，将满则迁之他处。灶神之后墙上盘砖为突，高于屋檐尺许，虚其中以出烟，曰烟囱，囱之半留一砖，可以启闭，积烟成煤，则启砖而扫去之，以防火患，法亦慎密。

这里说奉灶神处似可稍为补充，云靠墙为烟突，就烟突与灶梁上边平面成直角处作小舍，为灶王殿，高尺许，削砖为柱，半瓦作屋檐而已。舍前平面约高与人齐，即用作供几，又一段稍低，则置烛台香炉，右侧向锅处中虚，如汪君言可置盘碗，左则石板上悬，引烟入突，下即灰床。李光[①]庭《乡言解颐》卷四“庖厨十事”之一为煤炉，小引云：

乡用柴灶，京用煤灶。煤灶曰炉台，柴灶曰锅台，距地不及二尺，烹饪者须屈身，故久于厨役有致驼背者，今亦为小高灶，然终不若煤炉之

【锺校】

①“光”原作“九”。

便捷也。

李氏宝坻县人，所言足以代表北方情状，主张鼎烹，与汪氏之大锅饭菜异。大抵二者各有所宜，大灶唯大家庭合用，越中小户单门亦只以风炉扛灶供烹饪，不悉用双眼灶也。

（民国三十三年一月十八日，在北京所写）

雨的感想

今年夏秋之间北京的雨下的不太多，虽然在田地里并不旱干，城市中也不怎么苦雨，这是很好的事。北京一年间的雨量本来颇少，可是下得很有点特别，他把全年份的三分之二强在六七八月中间落了，而七月的雨又几乎要占这三个月份总数的一半。照这个情形说来，夏秋的苦雨是很难免的。在民国十三年和二十七年，院子里的雨水上了阶沿，进到西书房里去，证实了我的苦雨斋的名称，这都是在七月中下旬，那种雨势与雨声想起来也还是很讨嫌，因此对于北京的雨我没有什么好感，像今年的雨量不多，虽是小事，但在我看来自然是很可感谢的了。

不过讲到雨，也不是可以一口抹杀，以为一定是可嫌恶的。这须得分别言之，与其说时令，还不如说要看地方而定。在有些地方，雨并不可嫌恶，即使不必说是可喜。囫囵的说一句南方，恐怕不能得要领，我想不如具体的说明，在到处有河流，满街是石板路的地方，雨是不觉得讨厌的，那里即使会涨大水，成水灾，也总不至于使人有苦雨之感。我的故乡在浙东的绍兴，便是这样的一个好例。在城里，每条路差不多有一条小河平行着，其结果是街道上桥很多，交通利用大小船只，民间饮食洗濯依赖河水，大家才有自用井，蓄雨水为饮料。河岸大抵高四五尺，下雨虽多尽可容纳，只有上游水发，而闸门淤塞，下流不通，成为水灾，但也是田野乡村多受其害，城里河水是不至于上岸的。因此住在城里的人遇见长雨，也总不必担心水会灌进屋子里来，因为雨水都流入河里，河固然不会得满，而水能一直流去，不至停住在院子或街上者，则又全是石板路的关系。我们不曾听说有下水沟渠的名称，但是石板路的构造仿佛是包含有下水计划在内的，大概石板底下都用石条架着，无论多少雨水全由石缝漏[1]下，一总到河里去。人家里边的通路以及院子即所谓明堂也无不是石板，室内才用大方砖砌地，俗名曰地平。在老家里有一个长方的院子，承受南北两面楼房的雨水，即使下到四十八小时以上，也不见他停留一寸半寸的水，现在想起来觉得很是特

【锺校】

① 原无“漏”字，今增。

别。秋季长雨的时候，睡在一间小楼上或是书房内，整夜的听雨声不绝，固然是一种喧嚣，却也可以说是一种萧寂，或者感觉好玩也无不可，总之不会得使人忧虑的。吾家濂溪先生有一首《夜雨书窗》的诗云：

秋风扫暑尽，半夜雨淋漓。

绕屋是芭蕉，一枕万响围。

恰似钓鱼船，篷底睡觉时。

这诗里所写的不是浙东的事，但是情景大抵近似，总之说是南方的夜雨是可以的吧。在这里便很有一种情趣，觉得在书室听雨如睡钓鱼船中，倒是很好玩似的。下雨无论久暂，道路不会泥泞，院落不会积水，用不着什么忧虑，所有的唯一的忧虑只是怕漏。大雨急雨从瓦缝中倒灌而入，长雨则瓦都湿透了，可以浸润缘入，若屋顶破损，更不必说，所以雨中搬动面盆水桶，罗列满地，承接屋漏，是常见的事。民间故事说不怕老虎只怕漏，生出偷儿和老虎猴子的纠纷来，日本也有虎狼古屋漏的传说，可见此怕漏的心理分布得很是广远也。

下雨与交通不便本是很相关的，但在上边所说的地方也并不一定如此。一般交通既然多用船只，下雨时照样的可以行驶，不过篷窗不能推开，坐船的人看不到山水村庄的景色，或者未免气闷，但是闭窗坐听急雨打篷，如周濂溪所说，也未始不是有趣味的事。再说舟子，他无论遇见如何的雨和雪，总是一蓑一笠，站在后艄摇他的橹，这不要说什么诗味画趣，却是看去总毫不难看，只觉得辛劳质朴，没有车夫的那种拖泥带水之感。还有一层，雨中水行同平常一样的平稳，不会像陆行的多危险，因为河水固然一时不能骤增，即使增涨了，如俗语所云，水涨船高，别无什么害处，其唯一可能的影响乃是桥门低了，大船难以通行，若是一人两桨的小船，还是往来自如。水行的危险盖在于遇风，春夏间往往于晴明的午后陡起风暴，中小船只在河港阔大处，又值舟子缺少经验，易于失事，若是雨则一点都不要紧也。坐船以外的交通方法还有步行。雨中步行，在一般人想来总很是困难的吧，至少也不大愉快。在铺着石板路的地方，这情形略有不同。因为是石板路的缘故，既不积水，亦不泥泞，行路困难已经几乎没有，馀下的事只须防湿便好，这有雨具就可济事了。从前的人出门必带钉鞋雨伞，即是为此，只要有了雨具，又有脚力，在雨中要走多少里都可随意，反正地面都是石板，城坊无须说了，就是乡村间其通行大道至少有一块石板宽的路可走，除非走入小路岔道，并没有泥泞难行的地方。本来防湿的方法最好是不怕湿，赤脚穿草鞋，无往不便利平安，可是上策总难实行，常人还只好穿上钉鞋，撑了雨伞，然后安心的走到雨中去。我有过好多回这样的在大雨中间行走，到大街里去买吃食的东西，往返就要花两小时的工夫，一点都不觉得有什么困难。最讨厌的还是夏天的阵雨，出去时大雨如注，石板上一片流水，很高的钉鞋齿踏在上边，有如低板桥一般，倒也颇有意思，可是不久云收雨散，石板上的水经太阳一晒，随即干涸，我们走回来时把钉鞋踹在石板路上嘎唧嘎唧的响，自己也觉得怪寒伧的，街头的野孩子见了又要起哄，说是旱地乌龟来了。这是夏日雨中出门的人常有的经验，或者可以说是关于钉鞋雨伞的一件顶不愉快的事情吧。

以上是我对于雨的感想，因了今年北京夏天不大下雨而引起来的。但是我所说的地方的情形也还是民国初年的事，现今一定很有变更，至少路上石板未必保存得住，大抵已改成蹩脚的马路了吧。那么雨中步行的事便有点不行了，假如河中还可以行船，屋下水沟没有闭塞，在篷底窗下可以平安的听雨，那就已经是很可喜幸的了。

（民国甲申，八月处暑节）

医师礼赞

宋朝的范仲淹有一句话，表示他的志愿，说不为良相则为良医。这句话很是普通，知道的人很多，但是我觉得很喜欢，也极可佩服。《史记》曾云，国乱则思良相，这本来是极重要的，如今把他同良医连在一起来说，我觉得有意思的就在这里。政治与医学，二者之间盖有相通之处，据我想来，医生未必须学政治家的做法，或者大政治家须得有医师的精神，这才真能伟大吧。我喜欢翻阅世界医学史，里边多有使我们感激奋发的事。我常想医疗或是生物的本能，如犬猫之自舐其创是也，但其发展为活人之术，无论是用法术或方剂，总之是人类文化之一特色，虽然与梃刃同是发明，而意义迥殊，中国称蚩尤作五兵，而神农尝药辨性为人皇，可以见矣。医学史上所记便多是这些仁人之用心，不过大小稍有不同，我想假如人类要找一点足以自夸的文明证据，大约只可求之于这方面吧。据史家伊略脱斯密士在《世界之初》中说，创始耕种灌溉的人成为最初的王，在他死后便被尊崇为最初的神，还附有五千多年前的埃及石刻画，表示古圣王在开掘沟渠，这也说的很有意思。案：神农氏在中国正是极好的例，他教民稼穑，又发明医药，农固应为神，良医又与良相并重，可知医之尊，良相云者即是讳言王耳。由此观之，政治的原始的准则是仁政，政治家也须即是仁人，无论其为巫，为农或为医，都是一样，但是我们现在所谈则只是关于医的一方面，所以别的事情也就暂且不提了。

讲到医师的伟大精神，第一想起来的是古来所谓希坡克拉德斯之《誓愿》。希氏生于希腊，称医药之父，生当中国周代，与聂政同时，有集六十篇传于世，基督前三世纪初所编成，距屈原怀沙之年盖亦不远也。《誓愿》为集中之一篇，分为两部分。其一是尊师：他当视教他的人有如父母，与之共生活，如有必要当供给之，当视其子如己子，如愿学医者当教诲之，没有报酬或契约。其二是医生的本分：他当尽心力为病家处方疗养，不为损害之事，不予人以毒药，即使有人请求，亦不参与商榷，不与妇女堕胎；凡所见闻关于人生的事，在行医时或其他时所知，而不当在外张扬者，严守秘密。如《誓愿》中说及，总之他当保守他的生活与技术之圣洁。这并不是宗教的宣誓，其意义只是世俗的，而其精神却至伟大。此誓愿与文句未必真是希氏所定，但显然承受他的精神，传至后世一直为医师行业的教训。官吏就职也有宣誓的仪式，我们听得很多，与这个相比便显得是游戏，只是跳加官而已。

其次，近代医学上消毒的成功即是仁术之一证明。我曾赞叹说，巴斯德从啤酒的研究知道了霉菌的传染，这影响于人类福利者有多么大，单就外科伤科产科来说，因了消毒的施行，一年中要救助多少人命，以功德论，恐怕十九世纪的帝王将相中没有人可以及得他来。这应用在内科上，接种的疗法大为发达，从前只有牛痘一法可防天花，现在则向来所恐惧的传染病大抵可以预防，霉菌学者的功劳的确不小。还有生理学的研究与病理学一同进步，造出好些药饵如维他命与诃尔蒙，与其说药石无宁称为补剂，去病亦转为养生，这种新的方剂有益于身体，新的观念也于人心上同样的有益。《老学庵笔记》有一则记事云：

> 青城山上官道人，北人也，巢居食松麨，年九十矣，人有谒之者，但粲然一笑耳，有所请问则托言病聩，一语不肯答。予尝见之于丈人观道院，忽自语养生曰，为国家致太平与长生不死，

皆非常人所能然，且当守国使不乱以待奇才之出，卫生使不夭以须异人之至，不乱不夭皆不待异术，唯谨而已。予大喜，从而叩之，则已复言瞶矣。

养生之道通于治国，殆是道家的学说，这里明了的说出，而归结于谨之一字，在中国尤为与政治的病根适合。这种思想不算新了，却是合于学理的，补固是开源，谨亦是节流，原是殊途而同归也。

医师与政治家一样，所要的资格与条件是学问与经验，见识与道德，这末一件列在最后却是最要。俗语云，医生有割股之心，率直的说得好，股固可不必割，但根本上是利他的事，所以这种心也不可无，不过此未免稍近于佛教的，而不是儒道的说法耳。也有医师其道德却近于科学的。尝见有西国医生，遇老媪生瘤求割治，无力付给施疗病室的每天一角五分的饭钱，方欲辞去，医生苦留不得，乃为代付七天的饭钱一元另五分，住院治讫始纵之去。他何为必欲割此风马牛之赘疣，岂将自记阴功乎，殆因看着可割之瘤而不令割去，殊觉得不好过，故必欲割之而后快，古人或称为技痒，实则谓其本于技术的道德亦可也。诊察疾病，以学问经验合而断之，至于如何处分，则须有见识为主，或须立即开刀，即不能以现今倦怠，延至后日，养痈贻患，又或须先加静养，亦不能急功近利，妄下刀圭，揠苗助长，此既需有识力，而利他的宗旨为之权衡，乃尤为重要。其实一切人类文化悉当如是，今乃独见之于医术，其原因固亦由于医师之用心，在他方面虽与宗旨违失，祸及生民，所在多有，却没有病人死在面前，证明药石之误下，故人多不觉，主者乃得漏网耳。单就这一点看来，医师之可尊过于一般士大夫，盖已显然可知矣。

我这里礼赞医师，所赞的医师当然以良医为限，那是没有问题的。所谓良医有两个意思，其一是能医好病的医生。医生的本领原来是在于医病，但未必全都能医好，这也是无可如何，最怕的是反而医出病来，那就总不能算是良医了。这样的医生却是古已有之，如《笑得好》有一则云：

> 一医家迁居，辞邻舍曰，向忝邻末，目今迁居，无物可为别敬，每位奉药一服。邻人辞以无病，医人曰，你只吃了我的药，自然有病了。

其次的良医是良善的医生。医师能医得好病，那是很好的了，假如他要大敲[1]竹杠，也就不见得可以礼赞，这种医生在《笑林》里不见提及，所以现在无

【锺校】

①“敲”原作“拷”。

例可引。为什么不见于笑话里的呢。这个理由谁知道，大概是因为不觉得可笑，大家只是有点怕他罢了。还有一层，我所谓医指的是现代受过科学训练的医生，别的不算在内，这也须得附带的说明一句。

《男人与女人》

一

《男人与女人》是一部游记的名称。德国有名的性学者希耳失菲耳特博士于一九三一年旅行东方，作学术讲演，回国后把考察所得记录下来，结果就是这部游记。我所有的是格林的英译本，一九三五年出版，那时著者已经逃往美洲做难民去了，因为在两年前柏林的研究所被一班如醉如痴的青年所毁，书籍资料焚烧净尽。民国二十二年五月十四日《京报》上载有“焚性书”的纪事，说德国的学生将所有图书尽搬到柏林大学，定于五月十日焚烧，并高歌欢呼，歌的起句是“日耳曼之妇女兮，今已予以保护兮”。青年一时的迷妄本是可以原恕的，如《路加福音》上所记的耶稣的话，因为他们所作的他们不晓得，所可惜的是学术上的损失。

我因此想到，希博士这次旅行的收获自然也在内，如游记中所说日本友人所赠的枕绘本，爪哇土王所赠的雕像，当亦已被焚毁了吧。——且说这部游记共分为四部分，即远东、南洋、印度、近东，是也。第一分中所记是关于日本与中国的事情，其中自第十二至二十九各节都说的是中国，今抄述几段出来，我觉得都很有意义，不愧为他山之石，值得我们深切的注意。十七节记述在南京与当时的卫生部长刘博士的谈话，有一段云：

部长问，对于登记妓女，尊意如何，你或当知道，我们向无什么统制的办法。

我答说，没有多大用处，卖淫制度非政府的统制所可打倒，我从经验上知道，你也只能制止它的一小部分，而且登记并不就能够防止花柳病。从别方面说，你标示出一群人来，最不公平的侮辱她们，因为卖淫的女人大抵是不幸的境遇之牺牲者，也是使用她们的男子，或是如中国人所常有的为了几块银圆卖了她们的父母之牺牲者也。部长又问，还有什么别的方法可以遏止卖淫呢？我答说，什么事都不成功，若不是有更广远的、更深入于社会学的与性学的方面之若干改革。

二十五节说到多妻制度，有一个简单的统计云：

据计算说，现在中国人中，有百分之约三十

只有一个妻子，百分之约五十，包括许多苦力在内，有两个妻子，百分之十娶有三个以至六个女人，百分之五左右有六个以上，其中有的多至三十个妻子，或者更多。关于张宗昌将军，据说他有八十个妻妾，在他战败移居日本之前，他只留下一个，其馀的都给钱遣散了。我在香港，有人指一个乞丐告诉我，他在正妻之外还养着两房正妾云。

关于鸦片也时常说及，二十八节云：

鸦片在中国每年的使用量，以人口摊派，每人有三十一公厘（案：约合一钱弱）之多，每人每日用量自半公厘以至三十公厘。德国每年使用量以人口计为每人十分之一公厘，美国所用鸦片颇多，其位置在中国之次，使用量亦只是二公厘又十分之三公厘。

第四分九十八节中叙述埃及人服用大麻烟的情形，说到第一次欧战后麻醉品服用的增加，有一节云：

凡鸦片，吗啡，科加因等麻醉药品，供全世界人口作医疗之用，每年总数只需六千公斤即已充足，但是现今中国一处使用四千五百万公斤，印度一千万公斤，合众国四百万公斤，埃及小亚细亚以及欧洲共五百万公斤，云云。

二十四节中说中国旅馆的吵闹，他的经验很有意思，里边又与赌博有关系，可以抄译在这里：

中国旅馆在整夜里像是一个蜜蜂排衙的蜂房。差不多从各个房间里发出打麻将的人们的高声的谈话，咳嗽，狂笑。一百三十几张的骨牌碰在一起，哗喇哗喇的响，反复不已。索要茶水，怪声报告房间号数。书寓的姑娘以及他种妓女，叫来，遣走，另换别人，一个客人时常叫上十几回，随后才留下一个住宿。女人们唱歌，弹琵琶。房门猛关，砰訇作响。按铃呼唤，茶房奔走，就是廊下的那些仆役也那么兴高采烈。不懂中国情形的人见了，一定会得猜疑有什么旅馆革命将要勃发了吧。

我接二连三地派遣房间里的一个仆役出去，到邻近各房去求情，请略为安静一点，说有一位老绅士身体欠安，想要睡一会儿。那些中国人那时很客气的道歉，暂时不作声，随后低声说话，再过三分钟之后，谈笑得比以前更是响亮了。我拿棉花塞了耳朵，只好降服了，醒到天明，那时候这一切非人间的声响才暂时停止了。

著者对于中国是很有同情的，但是遇见这种情形也似乎看不下去，不免有许多不快之感。他结论说中国人的耳神经一定是与西洋人构造不同。老绅士的这种幽默的话，听了很是可悲。

他在本书中屡次表明他的意见，关于性学考察的结果，个体的差异常比种族的差异更为有力，因此是不很愿意来着重于人种与色的分别的，这一回大约很为麻将客所苦，不得已乃去耳朵上设法，这实在是大可同情的事。不过我们希望这吵闹以及嫖赌烟种种恶行，只是从习惯上来，不是出于何种构造的不同，庶几我们还有将来可以救拔的希望耳。第十四节讲到中国与他国殊异之点，其一云：

> 其次不同是，在中国之以人力代马力。一头牛马或者一架机器都要比一个人更为贵重，所以无论走到哪里都可以看见中国人在背着或拉着不可信的重荷。就是在上海那样一个巨大的商业中心，载重汽车还是少见的东西。我曾见一座极大的压马路的汽辗，由两打的中国男人和女人拉了走动着。
>
> 由此可见人在中国是多么不值钱。所以这是不足为奇的，不知道有多少千数的人在三十至四十岁之间都死于肺结核症。一直并没有什么医药的处理，有一天正在热闹地方劳作的中间，忽然吐起狂血来，于是他们的生命就完结了。

著者决不是有心要毁谤中国，如上边说过他还是很同情于中国的，其原因一大半是由于同病相怜，因此见了这些不堪的情形，深有爱莫能助之感，发此愤慨，盖不足怪，这与幸灾乐祸的说法是不大相同的。还有一层，妇女问题复杂难解决，有些地方与社会问题有关连，在性学者看去这自然也很是关心的。但是这样一来，使我们读者更加惶悚，重大疑难的问题一个个来提出在面前，结果有点弄得无可如何，岂不是读书自找苦吃，真是何苦来呢。幸而此一十八节文章中并非全是说的丧气的话，有地方也颇有光明，如十四节中竭力非难外国的霸道，后边批评中国云：

> 在中国的现代青年拿去与别国的相比，有许多方面都比较的少受传统的障碍。第一，他们没有宗教上的成见。在欧洲方面似乎不大知道，中国的至少四百兆的人民向来没有宗教，也一点的没有什么不好。他们坚守着从前孔夫子以及别的先哲所定下来的习惯法，但并不对了他们（案：即孔夫子及别的一班人）祷告，只是专心于保存面子。他们看重在此地与此时的实在，并不在于幻想的时与地之外。

著者原是外国人，对于中国只凭了十星期的观察，所下的判断自然未必能全正确，这里又是重译出来的，差误恐亦难免。但是总起来看，这所说的不能说是不对，也可以增加我们不少的勇气。诚然如著者所说，中国没有宗教上的种种成见，又没有像印度的那种阶级，的确有许多好处，有利于改革运动。可是具体的说，也还很不能乐观。别的不谈，只就上边所有几件事看去，便觉得如不肯说没法子，也总要说这怎么办，——但是，怎么办总已经比没法子进了一步了，我们姑且即以此为乐观之根据可乎。

（民国三十三年九月十二日，在北京风雨中记）

女人的文章

这里说女人的文章，并不是拿来与男人对比，评论高下，只是对于女人的诗词而言，因看闲书牵连想到，略说几句话而已。向来闺秀多做诗词，写文章的很少，偶或有之，常甚见珍重。沈善宝《名媛诗话》卷五云：

> 馀杭陈炜卿尔士，字静友，给谏钱仪吉室，有《听松楼遗稿》，内载《授经偶笔》，序述记赞跋论家书诸著作，议论恢宏，立言忠厚，诗犹馀事耳。余见历来闺媛通经者甚鲜，矧能阐发经旨，洋洋洒洒数万言，婉解曲喻，援古诫今，嘉惠后学不少，洵为一代女宗。

又王汝玉《梵麓山房笔记》卷五云：

> 余尝得西吴徐叶昭女史克庄《职思斋古文》一册，有自序一首。其文言为女为妇为妻为母之道，持论平允，能见其大，非寻常闺阁翰墨，惜

世鲜知者。他日遇湖人，当详询之。

案：寒斋所藏，有《听松楼遗稿》四卷，陈尔士著，《什一偶存》五种，徐叶昭编刊，第三为《职思斋学文稿》一卷，为所自著。此外又可以加上《月蕖轩传述略》一卷，袁镜蓉著，《晒书堂闺中文存》一卷，王照圆著。这几位女士都能写文章，但是由我个人的偏见说来，却是后面的两家更为可取，虽然不曾有人怎么的表扬。这话说起来有点长了。简单的说，我的偏见是以前就有的，不过那是以古代为根据，正确一点是以明以前为限，现在却来应用在清代，其实便是用于现今，我想也是一样可以的，尺度虽旧，分寸则不错也。

周寿昌编《宫闺文选》二十六卷，前十卷为文，自汉迄明，所收颇广，翻阅一过，不少佳篇，但鄙意以为可取者则亦不多见。说也奇怪，就文章来说，我觉得这几个人最好，就是汉明帝马后，唐武后，以及宋李清照。我们对于文章的要求，不问是女人或男人所写，同样的期待他有见识与性情，思想与风趣，至于艺术自然也是必要的条件。马后是伏波将军的小女儿，其《却封外戚诏》及《报章帝诏》，质朴刚劲，真有将家风范，在汉诏中亦是上等作品。

武后《请父在为母终三年服表》，为古今女性争取地位，因有伦理关系，后世秀才们亦不敢非难，但其桀骜之气固自显在，至云禽兽之情犹知其母，辄令人想起孔文举之言，亦正与相称。其①他诏敕，除有些官样文章之外，亦有可观者，兹不具举。李易安的文章，最好的大家知道是《金石录后序》及《自序》，可以不必再多说明。总结起来说，我对于文章只取其有见识，有思想，表示出真性情来，写的有风趣，那就是好的。反过来说，无论谈经说史如何堂皇，而意思都已有过，说理叙事非不合法，而文字只是一套，凡此均是陈言，亦即等于赝鼎，虽或工巧，所不取也。照这个标准看去，上边所说四家文章也就可以分别论列，不过这只是个人私见，未必一定全对，若吠声之嫌则庶几或免耳。

《听松楼遗稿》卷三家书二十七通，质朴真挚，最可以见著者之为人，而论者乃多恭维《授经偶笔》。《晒书堂闺中文存》中有遗稿跋一篇，自述有弗如者六，其第五云：

颜黄门云，父母威严而有慈，则子女畏慎而生孝。余于子女有慈无威，不能勤加诱导，俾以

【锺校】

①“其”原作“此”。

有成。今读《授经偶笔》及尺素各篇，思想勤绵，时时以课读温经形于楮墨，虽古伏生女之授书，宋文宣之传礼，不是过焉。余所弗如者五矣。

其实家书中说课读，亦只是理书作论等事而已，《偶笔》一卷，作笔记观本无不可，若当作说经，便多勉强处，反为不佳。《名媛诗话》中抄录四则，实甚平平，如收在普通文集中，当必无人注目，今乃特被重视，虽是尊重女子，实却近于不敬矣。《职思斋学文稿》文三十五篇，文笔简洁老到，不易多得，唯以思想论却不能佩服，因为不论好坏总之都是人家的，再苛刻的说一句，文章亦是八家派，不能算是自己的也。自序中云：

> 颇好二氏之书，间有所作，庄列之唾馀，乾竺之机锋，时时阑入。年过二十，始知其非，非程朱不观，以为文以载道，文字徒工无益也。

可见著者本来也是很有才情的女子，乃为世俗习气所拘，转入卫道阵营，自言曾为文辩驳金溪馀姚，进到牛角湾去，殊为可惜。卷首文十篇，论女道妇道以至妾道婢道，甚为奇特，不独王汝玉见之称赞，即鄙人亦反复诵读，叹为难得可贵。何也，王汝玉所云持论平允，即因其绝对遵循男性中心的传统，为男子代言，进而至于指示婢妾之大道，此在鄙人则以为不近情理，所以为难也。《瑶仙闲话记》中述客瑶仙之言曰，闺门之乐，惟纳妾为最，子知之乎。论其源委，显然出于《周南》诸诗，本亦不足为奇，唯如此彻底主张，极是希有。昔俞理初著《妒非女人恶德论》，李越缦笑为周姥之言，同时乃有徐克庄女士立说，闺门之乐纳妾为最，此正是周公之教也，著者殆可谓女中俞理初矣。据德国性学者计算，在民国二十年顷中国人中有百分之三十只有一个妻子，百分之约五十有两个妻子，百分之十娶有三个以至六个女人，百分之五左右有六个以上，有的多至三十个妻子或者更多。照这个情形看来，中国男子有三分之二以上是多妻的，那么此种意见正占势力，视为平允，盖是当然。唯鄙人平日是佩服俞理初的，自然未能同意，又觉得论到文章，思想颇为重要，既与情理相违，便无足取。若其不愧为好的史料，则是别一回事，固毫无疑问者也。

末后简单的一谈袁王二家的文集。袁镜蓉号月蕖，吴梅梁杰室，著有传述略及诗草各一卷。

王照圆字婉佺，郝兰皋懿行室，所著《闺中文存》外，《和鸣集》中有诗若干首，《列女传补注》《列仙传校注》等，《葩经小记》不存，其说多采入《诗问》中，今悉编在“郝氏遗书”之内。《月蕖轩诗》似亦不弱，但是我只取其散文，共计二十二首，其中十五为传，皆质实可取，此外《自述》《风水论》《重修祠堂记》《老当年祭祀簿序》以及《收租簿序》，率就家庭、坟墓、祭祀各题目，率直真切的写去，不晓得这目的是应用或载道，这文字是俗还是雅，而自成一篇文章，亦真亦善，却亦未尝无美。平常作文，其态度与结果不正当如是耶。我的称赞或者亦难免有稍偏处，大体却是不谬，总之为了自己所要说的事情与意思而写，把人家的义理与声调暂搁在一旁，这样写下来的东西我想一定总有可取的。虽然比拟或者稍有不伦，上边说过的马后武后可以说也是这一路，若是将王照圆与李清照相比，那恐怕就没有什么不妥的地方了吧。《闺中文存》中所收文只有十一篇，篇幅均不长，其自作序跋五首为佳，亦不足以见其才，此殆当于他书中求之，似以《诗问》为最宜。兹举其与妇女生活有相关者，如《诗问·国风》卷下“七月流火”首章下云：

> 余问，微行，传云墙下径。瑞玉曰，野中亦有小径。余问，遵小径，以女步迟取近耶。曰，女子避人尔。

又《诗说》卷上云：

> 瑞玉问，女心伤悲应作何解。余曰，恐是怀

春之意，管子亦云春女悲。瑞玉曰，非也，所以伤悲乃为女子有行，远父母故耳。盖瑞玉性孝，故所言如此。余曰，此匡鼎说诗也。

这里他们也是在谈《诗经》，可是这是说诗而不是讲经，与别人有一个绝大的不同，而《诗经》的真意也只是这样才可逐渐明了。陆氏木犀香馆刻本《尔雅义疏》卷末有陈硕甫跋，叙道光中馆汪孟慈家时事云："先生挟所著《尔雅疏》稿径来馆中，以自道其治学之难。漏下四鼓者四十年，常与老妻焚香对坐，参征异同得失，论不合，辄反目不止。"案：李易安《金石录后序》中云：

每饭罢坐归来堂，烹茶，指堆积书史，言某事在某书某卷第几页第几行，以中否胜负为饮茶先后，中则举，否则大笑，或至茶覆怀中，不得而起。

此二者情景均近似，风趣正复相同。前面曾以李王相比较，得此可以加一证据矣。无论男妇，无论做学问写文章，唯情与理二者总不可缺少，这是唯一的根柢，也即是我这里所陈述的私见的依据。老生常谈，亦自觉其陈旧，但此外亦无甚新话可说，老实铺叙，较为省力，既不打诳话，也就可以供补白，然则目的岂不已达矣乎。

（民国甲申九月秋分节）

女人的禁忌

小时候在家里常见墙壁上贴有红纸条，上面恭楷写着一行字云，姜太公神位在此，百无禁忌。还有历本，那时称为时宪书的，在书面上也总有题字云，夜观无忌，或者有人再加上一句日看有喜，那不过是去凑成一个对子，别无什么用意的。由此看来，可以知道中国的禁忌是多得很，虽然为什么夜间看不得历本，这个理由我至今还不明白。禁忌中间最重要的是关于死，人间最大的凶事，这意思极容易理解。对于死的畏怖避忌，大抵是人同此心，心同此理，种种风俗仪式虽尽多奇形怪状，根本并无多少不同，若要列举，固是更仆难尽，亦属无此必要。我觉得比较有点特别的，是信奉神佛的老太婆们所奉行的暗房制度。凡是新近有人死亡的房间名为暗房，在满一个月的期间内，吃素念佛的老太太都是不肯进去的，进暗房有什么不好，我未曾领教，推想起来大抵是触了秽，不能走近神前去的缘故吧。期间定为一个月，唯理的说法是长短适中，但是宗教上的意义或者还是在于月之圆缺一周，除旧复新，也是自然的一个段落。又其区域完全以房间计算，最重要的是那条门槛，往往有老太太往丧家吊唁，站在房门口，把头伸进去对人家说话，只要脚不跨进门槛里就行了。这是就普通人家而言，可以如此划分界限，若在公共地方，有如城隍庙，说不定会有乞丐倒毙于廊下，那时候是怎么算法，可是不曾知道。平常通称暗房，为得要说的清楚，这就该正名为白暗房，因为此外还有红暗房在也。

红暗房是什么呢？这就是新近有过生产的产房，以及新婚的新房。因为性质是属于喜事方面的，故称之曰红，但其为暗房则与白的全是一样，或者在老太婆们要看得更为严重亦未可知。

这是仪式方面的事，在神话的亦即是神学的方面是怎么说，有如何的根据呢？老太婆没有什么学问，虽是在念经，念的都是些《高王经》《心经》之类，里边不曾讲到这种问题，可是所听的宝卷很多，宝卷即是传，所以这根据乃是出于传而非出于经的。最好的例是《刘香宝卷》，是那暗淡的中国女人佛教人生观的教本，卷上记刘香女的老师真空尼的说法，具说女人在礼教以及宗教下所受一切痛苦，有云：

男女之别，竟差五百劫之分，男为七宝金身，女为五漏之体。嫁了丈夫，一世被他拘管，百般苦乐由他做主。既成夫妇，必有生育之苦，难免血水触犯三光之罪。

其韵语部分中有这样的几行，说的颇为具体，如云：

生男育女秽天地，血裙秽洗犯河神。

又云：

生产时，血秽污，河边洗净，水煎茶，供佛神，罪孽非轻。对日光，晒血裙，罪见天神。三个月，血孩儿，秽触神明。

老太婆们是没有学问的，她们所依据的贤传自然也就不大高明，所说的话未免浅薄，有点近于形而下的，未必真能说得出这些禁忌的本意。原来总是有形而上的意义的，简单的说一句，可以称为对于生殖机能之敬畏吧。我们借王右军《兰亭序》的话来感叹一下，死生亦大矣。不但是死的问题，关于生的一切现象，想起来都有点儿神秘，至于生殖，虽然现代的学问给予我们许多说明，自单细胞生物起头，由蚯蚓蛙鸡狗以至人类，性知识可以明白了，不过说到底即以为自然如此，亦就仍不免含有神秘的意味。古代的人，生于现代而知识同于古代人的，即所谓野蛮各民族，各地的老太婆们及其徒众，惊异自不必说，凡神秘的东西总是可尊而又可怕，上边说敬畏便是这个意思。我们中国大概是宗教情绪比较的薄，所感觉的只是近理的对于神明的触犯，这有如《旧约创世纪》中所记，耶和华上帝对女人夏娃说，我必多多加增你怀胎的苦楚，你生产儿女必受苦楚，因为她听了蛇的话偷吃苹果，违犯了上帝的命令。这里耶和华是人形化的神明，因了不高兴而行罚，是人情所能懂的，并无什么神秘的意思，如《利未记》所说便不相同了。第十二章记耶和华叫摩西晓谕以色列人云：

若有妇人怀孕生男孩，她就不洁净七天，像在月经污秽的日子不洁净一样。妇人在产血不洁之中要家居三十三天，她洁净的日子未满，不可摸圣物，也不可进入圣所。她若生女孩，就不洁净两个七天，像污秽的时候一样，要在产血不洁之中家居六十六天。

又第十五章云：

女人行经必污秽七天，凡摸她的必不洁净到晚上。女人在污秽之中，凡她所躺的物件都为不洁净，所坐的物件也都不洁净。凡摸她床的必不洁净到晚上，并要洗衣服，用水洗澡。凡摸她所坐甚么物件的必不洁净到晚上，并要洗衣服，用水洗澡。在女人的床上或在她坐的物上，若有别的物件，人一摸了，必不洁净到晚上。

这里可以注意的有两点，其一是污秽的传染性，其二是污秽的毒害之能动性。第一点大家都知道，无须解释，第二点却颇特别，如本章下文所云：

你们要这样使以色列人与他们的污秽隔绝，免得他们玷污我的帐幕，就因自己的污秽死亡。

这里明说他们污秽的人并不因为玷污耶和华的帐幕而被罚，乃将因了自己的污秽而灭亡，这污秽自具有其破坏力，但因什么机缘而自然爆发起来。在现代人看来，这仿佛与电气最相像，大家知道电力是伟大的一件东西，却有极大危险性，须用种种方法和他隔绝才保得安全。生命力与电，这个比较来得恰好，此外要另找一个例子倒还不大容易。污秽自然有许多是由嫌恶而来的，但是关于生命力特别是关系女人的问题，都是属于敬畏的一面，所谓不净实是指一种威力，一不小心就会得被压倒，俗语云晦气是也，这总是心[①]理的，后来物质的意义增加上去，据我看来毫不重要。福庆居士所著《燕郊集》中有一篇小文，题曰

【锺校】

①“心”原作“物”。

“性与不净”，记一故事云：

就有人讲笑话。我家有一亲戚，是一大官，他偶如厕，忽见有女先在，愕然是不必说，却因此传以为笑。笑笑也不要紧，他却别有所恨。恨到有点出奇，其实并不。这是一种晦气，苏州人所谓勿识头，要妨他将来福命的。

文章写得很干净，可以当作好例，其他古今中外的资料虽尚不乏，只可且暂割爱矣。

寒斋有一册西文书，是芬特莱医生所著，名曰《分娩闲话》，这闲话二字系用南方通行的意思，未必有闲，只是讲话而已。第二章题云“禁制”，内分行经，结婚，怀孕，分娩四项，绘图列说的讲得很有意义，想介绍一点出来，所以起手来写这篇文章，不料说到这里想要摘抄，又不知道怎么选择才好。各民族的奇异风俗原是不少，大概也是大同小异，上边有希伯来人的几条可以为例，也不必再来赘述，反正就是对于生殖之神秘表示敬畏之意而已。倒是在茀来若博士的《金枝》节本中，第六十章说及隔离不洁净的妇女的用意，可供我们参考，节译其大意于下：使她不至于于人有害，如用电学的术语，其方法即是绝缘。这种办法其实也为她自己，同时也为别人的安全。因为假如她违背了规定的办法，她就得受害，例如苏噜女子在月经初来时给日光照着，她将干枯成为一副骷髅。总之那时女人似被看作具有一种强大的力，这力若不是限制在一定范围之内，他会得毁灭她自己以及一切和她接触的东西。为了一切有关的人物之安全，把这力拘束起来，这即是此类禁忌的目的。这个说法也可用以解释对于神王与巫师的同类禁例。女人的所谓不洁净与圣人的神圣，由原始民族想来，实质上并没有什么分别。这都不过是同一神秘的力之不同的表现，正如凡力一样，在本身非善非恶，但只看如何应用，乃成为有益或有害耳。

这样看来，最初的意思是并无恶意的，虽然在受者不免感到困难，后来文化渐进，那些圣人们设法摆脱拘束，充分的保留旧有的神圣，去掉了不便不利的禁忌，但是妇女则无此幸运，一直被禁忌着下来，而时移世变，神秘既视为不洁净，敬畏也遂转成嫌恶了。这是世界女性共同的不幸，初不限于一地，中国只是其一分子而已。中国的情形本来比较别的民族都要好一点，因为宗教势力比较薄弱，其对于女人的轻视大概从礼教出来，只以理论或经验为本，和出于宗教信念者自有不同。例如《礼纬》云，夫为妻纲，此是理论而以男性主权为本，若在现代社会非夫妇共同劳作不能维持家庭生活，则理论渐难以实行。又《论语》云，唯女子小人为难养也，近之则不逊，远之则怨，此以经验为本者也，如不逊与怨的情形不存在，此语自然作为无效。即或不然，此亦只是一种抱怨之词，被说为难养，于女子小人亦实无什么大损害也。宗教上的污秽观大抵受佛教影响为多，却不甚彻底，又落下成为民间迷信，如无妇女自己为之支持，本来势力自可渐衰，此则在于民间教育普及，知识提高，而一般青年男女之努力尤为重要。鄙人昔日曾为戏言，在清朝中国男子皆剃头成为半边和尚，女人裹两脚为粽子形，他们固亦有恋爱，但如以此形像演出西厢牡丹亭，则观者当忍俊不禁，其不转化为喜剧的几希。现在大家看美国式电影，走狐舞步，形式一新矣，或已适宜于恋爱剧上出现，若是请来到我们所说的阵地上来帮忙，恐预备未充足，尚未能胜任愉快耳。

（民国甲申年末，于北京东郭书塾）

蚯蚓

忽然想到，草木虫鱼的题目很有意思，抛弃了有点可惜，想来续写，这时候第一想起的就是蚯蚓，或者如俗语所云是曲蟮。小时候每到秋天，在空旷的院落中，常听见一种单调的鸣声，仿佛似促织，而更为低微平缓，含有寂寞悲哀之意，民间称之曰曲蟮叹窠，倒也似乎定得颇为确当。案：崔豹《古今注》云：

> 蚯蚓，一名蜿蟺，一名曲蟺，善长吟于地中，江东谓为歌女，或谓鸣砌。

由此可见蚯蚓歌吟之说古时已有，虽然事实上并不如此，乡间有俗谚其原语不尽记忆，大意云，蝼蛄叫了一世，却被曲蟮得了名声，正谓此也。

蚯蚓只是下等的虫豸，但很有光荣，见于经书。在书房里念《四书》，念到《孟子》“滕文公下”，论陈仲子处有云：“充仲子之操，则蚓而后可者也，夫蚓上食槁壤，下饮黄泉。”这样他至[①]少可以有被出题目做八股的机会，那时代圣贤立言的人们便要用了很好的声调与字面，大加以赞叹，这与螬同是难得的名誉。后来《大戴礼·劝学篇》中云：

蚓无爪牙之利，筋脉之强，上食埃土，下饮黄泉，用心一也。

又杨泉《物理论》云：

检身止欲，莫过于蚓，此志士所不及也。

此二者均即根据孟子所说，而后者又把邵武士人在《孟子正义》中所云但上食其槁壤之土，下饮其黄泉之水的事，看作理想的极廉的生活，可谓极端的佩服矣。但是现在由我们看来，蚯蚓固然仍是而且或者更是可以佩服的东西，他却并非陈仲子一流，实在乃是禹稷的一队伙里的，因为他是人类——农业社会的人类的恩人，不单是独善其身的廉士志士已也。这种事实在中国书上不曾写着，虽然上食槁壤，这一句话也已说到，但是一直没有看出其重要的意义，所以只好往外国的书里去找。英国的怀德在《色耳彭的自然史》中，于一七七七年写给巴林顿第三十五信中曾说及蚯蚓的重大工作，它掘地钻孔，把泥土弄松，使得

【锺校】

①“至”原作“只”。

雨水能沁入，树根能伸长，又将稻草树叶拖入土中，其最重要者则是从地下抛上无数的土块来，此即所谓曲蟮粪，是植物的好肥料。他总结说：“土地假如没有蚯蚓，则即将成为冷，硬，缺少发酵，因此也将不毛了。”达尔文从学生时代就研究蚯蚓，他收集在一年中一方码的地面内抛上来的蚯蚓粪，计算在各田地的一定面积内的蚯蚓穴数，又估计他们拖下多少树叶到洞里去。这样辛勤的研究了大半生，于一八八一年乃发表他的大著《由蚯蚓而起的植物性壤土之造成》，证明了地球上大部分的肥土都是由这小虫的努力而做成的。他说：

> 我们看见一大片满生草皮的平地，那时应当记住，这地面平滑所以觉得很美，此乃大半由于蚯蚓把原有的不平处所都慢慢的弄平了。想起来也觉得奇怪，这平地的表面的全部都从蚯蚓的身子里通过，而且每隔不多几年，也将再被通过。耕犁是人类发明中最为古老也最有价值之一，但是在人类尚未存在的很早以前，这地乃实在已被蚯蚓都定期的耕过了。
>
> 世上尚有何种动物，像这低级的小虫似的在地球的历史上，担任着如此重要的职务者，这恐怕是个疑问吧。

蚯蚓的工作大概有三部分，即是打洞，碎土，掩埋。关于打洞，我们根据汤木孙的一篇《自然之耕地》，抄译一部分于下：

蚯蚓打洞到地底下深浅不一，大抵二英尺之谱。洞中多很光滑，铺着草叶。末了大都是一间稍大的房子，用叶子铺得更为舒服一点。在白天里洞门口常有一堆细石子，一块土或树叶，用以阻止蜈蚣等的侵入者，防御鸟类的啄毁，保存穴内的润湿，又可抵当大雨点。

在松的泥土打洞的时候，蚯蚓用他身子尖的部分去钻。但泥土如是坚实，他就改用吞泥法打洞了。他的肠胃充满了泥土，回到地面上把它遗弃，成为蚯蚓粪，如在草原与打球场上所常见似的。

蚯蚓吞咽泥土，不单是为打洞，他们也吞土为的是土里所有的腐烂的植物成分，这可以供他们做食物。在洞穴已经做好之后，抛出在地上的蚯蚓粪那便是为了植物食料而吞的土了，假如粪出得很多，就可推知这里树叶比较的少用为食物，如粪的数目很少，大抵可以说蚯蚓得到了许多好[①]叶子。在洞穴里可以找到好些吃过一半的

【锺校】

①“许多好”原作“好许多”。

叶子，有一回我们得到九十一片之多。

在平时白天里蚯蚓总是在洞里休息，把门关上了。在夜间他才活动起来了，在地上寻找树叶和滋养物，又或寻找配偶。打算出门去的时候，蚯蚓便头朝上的出来，在抛出蚯蚓粪的时候，自然是尾巴在上边，他能够在路上较宽的地方或是洞底里打一个转身的。

碎土的事情很是简单，吞下去的土连细石子都在胃里磨碎，成为细腻的粉，这是在蚯蚓粪可以看得出来的。掩埋可以分作两点：其一是把草叶树子拖到土里去，吃了一部分以外多腐烂了，成为植物性壤土，使得土地肥厚起来，大有益于五谷和草木；其二是从底下抛出粪土来把地面逐渐掩埋了，地平并未改变，可是底下的东西搬到了上边来，这是很好的耕田。据说在非洲西海岸的一处地方，每一方里面积每一年里有六万二千二百三十三吨的土搬到地面上来，又在二十七年中，二英尺深地面的泥土将颗粒不遗的全翻转至地上云。达尔文计算在英国平常耕地每一亩中平均有蚯蚓五万三千条，但如古旧休闲的地段其数目当增至五十万。此一亩五万三千的蚯蚓在一年中将把十吨的泥土悉自肠胃通过，再搬至地面上。在十五年中此土将遮盖地面厚至三寸，如六十年即积一英尺矣。这样说起来，蚯蚓之为物虽微小，其工作实不可不谓伟大。古人云，民以食为天，蚯蚓之功在稼穑，谓其可以与大禹或后稷[1]相比，不亦宜欤。

末后还想说几句话，不算什么辟谣，亦只是聊替蚯蚓表明真相而已。《太平御览》九四七引郭景纯《蚯蚓赞》云：

> 蚯蚓土精，无心之虫，交不以分，淫于阜螽，触而感物，乃无常雄。

又引刘敬叔《异苑》，云宋元嘉初有王双者，遇一女与为偶，后乃见是一青色白领蚯蚓，于时咸谓双暂同阜螽矣。案：由此可知晋宋时民间相信蚯蚓无雄，与阜螽交配，这种传说后来似乎不大流行了。可是他总有一种特性，也容易被人误解，这便是雌雄同体这件事。怀德的《观察录》中昆虫部分有一节关于蚯蚓的，可以抄引过来当资料，其文云：

> 蚯蚓夜间出来躺在草地上，虽然把身子伸得很远，却并不离开洞穴，仍将尾巴末端留在洞内，所以略有警报就能急速的退回地下去。这样伸着身子的时候，凡是够得着的什么食物也就满足了，如草叶、稻草、树叶，这些碎片他们常拖

【锺校】

①"大禹或后稷"，原作"禹稷或后稷"。

到洞穴里去。就是在交配时，他的下半身也决不离开洞穴，所以除了住得相近互相够得着的以外，没有两个可以得有这种交际。不过因为他们都是雌雄同体的，所以不难遇见一个配偶，若[①]是雌雄异体则此事便很是困难了。

案：雌雄同体与自为雌雄本非一事，而古人多混而同之。《山海经》一“南山经”中云：“有兽焉，其状如狸而有髦，其名曰类，自为牡牝，食者不妒。”郝兰皋疏转引《异物志》云：“灵猫一体，自为阴阳。”又三“北山经”云，带山有鸟名曰䳜䳜，是自为牝牡，亦是一例。而王崇庆在释义中乃评云：

鸟兽自为牝牡，皆自然之性，岂特䳜䳜也哉。

此处唯理派的解释固然很有意思，却是误解了经文，盖所谓自者非谓同类而是同体也。郭景纯《类赞》云：

类之为兽，一体兼二，近取诸身，用不假器，窈窕是佩，不知妒忌。

说的很是明白。但是郭君虽博识，这里未免小有谬误，因为自为牝牡在事实上是不可能的，只有笑话中说说罢了，粗鄙的话现在也无须传述。《山海经》里的鸟兽

【锺校】

①“若”原作“甚”。

我们不知道，单只就蚯蚓来说，它的性生活已由动物学者调查清楚，知道他还是二虫相交，异体受精的。瑞德女医师所著《性是什么》，书中第二章论动物间性，举水螅、蚯蚓、蛙、鸡、狗五者为例，我们可以借用讲蚯蚓的一小部分来做说明。据说蚯蚓全身约共有百五十节，在十三节有卵巢一对，在十及十一节有睾丸各两对，均在十四节分别开口，最奇特的是在九至十一节的下面左右各有二口，下为小囊，又其三二至三七节背上颜色特殊，在产卵时分泌液质作为茧壳。凡二虫相遇，首尾相反，各以其九至十三节一部分下面相就，输出精子入于对方的四小囊中，乃各分散。及卵子成熟时，背上特殊部分即分泌物质成筒形，蚯蚓乃缩身后退，筒身擦过十三四节，卵子与囊中精子均粘着其上，遂以并合成胎，蚓首缩入筒之前端，此端即封闭，及首退出后端，亦随以封固而成茧矣。以上所述因力求简要，说的很有欠明白的地方，但大抵可以明了蚯蚓生殖的情形，可知雌雄同体与自为牝牡原来并不是一件事。蚯蚓的名誉和我们本是风马牛不相及，也不必替它争辨，不过为求真实起见，不得不说明一番，目的不是写什么科学小品，而结果搬了些这一类的材料过来，虽不得已，亦是很抱歉的事也。

（民国甲申九月二十四日所写，续草木虫鱼之一）

萤火

近年多看中国旧书，因为外国书买不到，线装书也很贵，却还能入手，又卷帙轻便，躺着看时拿了不吃力，字大悦目，也较为容易懂。可是看得久了多了，不免会发生厌倦，第一是觉得单调，千年前后的人所说的话没有多大不同，有时候或者后人比前人还要胡涂点也不一定，因此第二便觉得气闷。从前看过的书，后来还想拿出来看，反复读了不厌的实在很少，大概只有《诗经》，其中也以《国风》为主，《陶渊明集》和《颜氏家训》而已。在这些时候，从书架上去找出尘土满面的外国书来消遣，也是常有的事。

前几天忽然想到关于萤火说几句闲话，可是最先记起来总是腐草化为萤以及丹鸟羞白鸟的典故，这虽然出在正经书里，也颇是新奇，却是靠不住，至少是不能通行的了。案，《礼记·月令》云：

季夏之月，腐草为萤。

《逸周书·时训解》云：

大暑之日，腐草化为萤……腐草不化为萤，谷实鲜落。

这里说得更是严重，仿佛是事关化育，倘若至期腐草不变成萤火，便要五谷不登，大闹饥荒了。《尔雅》，“萤火即炤”。郭璞注，“夜飞，腹下有火”。这里并没有说到化生，但是后来的人总不能忘记《月令》的话，邢昺《尔雅疏》，陆佃《新义》及《埤雅》，罗愿《尔雅翼》，都是如此，邵晋涵《正义》不必说了，就是王引之《广雅疏证》也难免这样。《本草纲目》引陶弘景曰：

此是腐草及烂竹根所化，初时如蛹，腹下已有光，数日变而能飞。

李时珍则详说之曰：

萤有三种。一种小而宵飞，腹下光明，乃茅根所化也，《吕氏月令》所谓腐草化为萤者也。一种长如蛆蠋，尾后有光，无翼不飞，乃竹根所化也。一名蠲，俗名萤蛆，《明堂月令》所谓腐草化为蠲者是也，其名宵行。茅竹之根夜视有光，复感湿热之气，遂变化成形尔。一种水萤，居水中。唐李子卿《水萤赋》所谓彼何为而化草，此何为而居泉，是也。

钱步曾《百廿虫吟》中“萤”项下自注云：

萤有金银二种。银色者早生，其体纤小，其飞迟滞，恒集于庭际花草间，乃宵行所化。金色者入夏季方有，其体丰腴，其飞迅疾，其光闪烁不定，恒集于水际茭蒲及田塍丰草间，相传为牛粪所化。盖牛食草出粪，草有融化未净者，受雨露之沾濡，变而为萤，即《月令》腐草为萤之意也。余尝见牛溲坌积处飞萤丛集，此其验矣。

又汪曰桢《湖雅》卷六“萤”下云：

按，有化生，初似蛹，名蠲，亦名萤蛆，俗呼火百脚，后乃生翼能飞为萤。有卵生，今年放萤于屋内，明年夏必出细萤。

案：以上诸说均主化生，唯郝懿行《尔雅义疏》反对《本草》陶李二家之说，云：

今验萤火有二种，一种飞者，形小头赤，一种无翼，形似大蛆，灰黑色，而腹下火光大于飞者，乃《诗》所谓宵行，《尔雅》之即炤亦当兼此二种，但说者止见飞萤耳。又说茅竹之根夜皆有光，复感湿热之气，遂化成形，亦不必然。盖萤本卵生，今年放萤火于屋内，明年夏细萤点点生光矣。

寥寥百十字，却说得确实明白，所云萤之二种实即是雌雄两性，至断定卵生尤为有识，汪谢城引用其说，乃又模棱两可，以为卵生之外别有化生，未免可笑。唯郝君亦有格致未精之处，如下文云：

《夏小正》，丹鸟羞白鸟。丹鸟谓丹良，白鸟谓蚊蚋。《月令疏》引皇侃说，丹良是萤火也。

罗端良在宋时却早有异议提出，《尔雅翼》卷二十七“萤”下云：

《夏小正》曰，丹鸟羞白鸟。此言萤食蚊蚋。又今人言，赴灯之蛾以萤为雌，故误赴火而死。然萤小物耳，乃以蛾为雄，以蚊为粮，皆未可轻信。

从中国旧书里得来的关于萤火的知识就是这些，虽然也还不错，可是披沙拣金，殊不容易，而且到底也不怎么精确，要想知道得更多一点，只好到外国书中去找寻了。专门书本是没有，就是引用了来也总是不适合，所以这里所说也无非只是普通的，谈生物而有文学的趣味的几册小书而已。英国怀德以《色耳彭的自然史》著名于世，在这里边却未尝讲到萤火，但是《虫豸观察杂记》中有一则云：

观察两个从野间捉来放在后园的萤火，看出

这些小生物在十一二点钟之间熄灭他们的灯光，以后通夜间不再发亮。雄的萤火为蜡烛光所引，飞进房间里来。

这虽是短短的一两句话，却很有意思，都是出于实验，没有一点儿虚假。怀德生于千七百二十年，即清康熙五十九年，我查考《疑年录》，发见他比戴东原大三岁，比袁子才却还要小四岁，论时代不算怎么早，可是这样有趣味的记录在中国的乾嘉诸老辈的著作中却是很不容易找到，所以这不能不说是很可珍重的了。其次法国的法勃耳，在他的大著《昆虫记》中有一篇谈萤火的文章，告诉我们好些新奇的事情。最奇怪的是关于萤火的吃食，据他说，萤火虽然不吃蚊子，所吃的东西却比蚊子还要奇特，因为这乃是樱桃大小的带壳的蜗牛。若是蜗牛走着路，那是最好了，即使停留着，将身子缩到壳里去，脚部总有一点儿露出，萤火便上前去用他嘴边的小钳子轻轻的搿上几下。这钳子其细如发，上边有一道槽，用显微镜才看得出，从这里流出毒药来，注射进蜗牛身里去，其效力与麻醉药相等。法勃耳曾试验过，他把被萤火搿过四五下的蜗牛拿来检查，显已人事不知，用针刺他也无知觉，可是并未死亡，经过昏睡两日夜之后，蜗牛便即恢复健康，行动如常了。由此可知萤火所用的乃是全身麻醉的药，正如果蠃之类用毒针麻倒桑虫蚱蜢，存起来供幼虫食用，现在不过是现麻现吃，似乎与《水浒》里的下迷子比较倒更相近。萤火的身体很小，要想吃蚊子便已不大可能，如罗端良所怀疑的，现在却来吃蜗牛，可以说是大奇事。法勃耳在《萤火》一文中云：

> 萤火并不吃，如严密的解释这字的意义。他只是饮，他喝那薄粥，这是他用了一种方法，令人想起那蛆虫来，将那蜗牛制造成功的。正如麻苍蝇的幼虫一样，他也能够先消化而后享用，他在将吃之前把那食物化成液体。

《昆虫记》中有几篇讲金苍蝇麻苍蝇的文章，从实验上说明蛆虫食肉的情形，他们吐出一种消化药，大概与高级动物的胃液相同，涂在肉上，不久肉即销融成为流质。萤火所用的也就是这种方法，他不能咬了来吃，却可以当作粥喝，据说在好几个萤火畅饮一顿之后，蜗牛只是一个空壳，什么都没有馀剩了。丹鸟羞白鸟，我们知道它不合理，事实上却是萤火吃蜗牛，这自然界的怪异又是谁所料得到的呢。

法勃耳生于一八二三年，即清道光三年，与李少荃是同年的，所以还是近时人，其所发见的事知道的不很多，但即使人家都知道了萤火吃蜗牛，也不见得会使他怎么有名，本来萤火之所以为萤火的乃别有在，即是他在尾巴上点着灯火。中国名称除萤火之外还有即炤，辉夜，景天，夜光，宵烛等，都与火光有关。希腊语曰阑普利斯，意云亮尾巴，拉丁文学名沿称为阑辟利思，英法则名之为发光虫。据《昆虫记》所说，在萤火腹中的卵也已有光，从皮外看得出来，及至孵化为幼虫，不问雌雄，尾巴上都点着小灯，这在郝兰皋也已经知道了。雄萤火蜕化生翼，即是形小头赤者，灯光并不加多，雌者却不蜕化，还是那大蛆的状态，可是亮光加上两节，所以腹下火光大于飞者了。这是一种什么物质，法勃耳说也并不是磷，与空气接触而发光，腹部有孔可开闭以为调节。法勃耳叙述夜中往捕幼萤，长仅五公厘，即中国尺一分半，当初看见在草叶上有亮光，但如误触树枝少有声响，光即熄灭，遂不可复见。迨及长成，便不如此，他曾在萤火笼旁放枪，了无闻知，继以喷水或喷烟，亦无甚影响，间有一二熄灯者，不久立即复燃，光明如旧。夜半以前是否熄灯，文中未曾说及，但怀德前既实验过，想亦当是确实的事。萤火的光据法勃耳说：

> 其光色白，安静，柔软，觉得仿佛是从满月落下来的一点火花。可是这虽然鲜明，照明力却

颇微弱。假如拿了一个萤火在一行文字上面移动，黑暗中可以看得出一个个的字母，或者整个的字，假如这并不太长，可是这狭小的地面以外，什么也都看不见了。这样的灯光会得使读者失掉耐性的。

看到这里，我们又想起中国书里的一件故事来。《太平御览》卷九百四十五引《续晋阳秋》云：

车胤，字武子，好学不倦，家贫不常得油，夏月则练囊盛数十萤火，以夜继日焉。

这囊萤照读成为读书人的美谈，流传很远，大抵从唐朝以后一直传诵下来，不过与上边《昆虫记》的话比较来看，很有点可笑。说是数十萤火，烛光能有几何，即使可用，白天花了工夫去捉，却来晚上用功，岂非徒劳，而且风雨时有，也是无法。《格致镜原》卷九十六引成应元《事统》云：

车胤好学，常聚萤光读书，时值风雨，胤叹曰，天不遣我成其志业耶。言讫，有大萤傍书窗，比常萤数倍，读书讫即去，其来如风雨至。

这里总算替车君弥缝了一点过来，可是已经近于志异，不能以常情实事论了。这些故事都未尝不妙，却只是宜于消闲，若是真想知道一点事情的时候，便济不得事。近若干年来多读线装旧书，有时自己疑心是否已经有点中了毒，像吸大烟的一样，但是毕竟还是常感觉到不满意，可见真想做个国粹主义者实在是大不容易也。

（三十三年十一月二日所写，续草木虫鱼之二）

记杜逢辰君的事

此文题目很是平凡，文章也不会写得怎么有趣味，一定将使读者感觉失望，但是我自己却觉得颇有[1]意义，近十年中时时想到要写，总未成功，直至现在才勉强写出，这在我是很满足的事了。杜逢辰君，字辉庭，山东人，前国立北京大学学生，民国十四年入学，二十一年以肺病卒于故里。杜君在大学预科是日文班，所以那两年中是我直接的学生，及预科毕业，正是张大元帅登台，改组京师大学，没有东方文学系了，所以他改入了法科。十七年冬北大恢复，我们回去再开始办预科日文班，我又为他系学生教日文，讲夏目氏的小说《我是猫》，杜君一直参加，而且继续了有两年之久，虽然他的学籍仍是在经济系。我记得那时他常来借书看，有森鸥外的《高濑舟》，

【锺校】

①“有”原作“得”。

志贺直哉的《寿寿》等，我又有一部高畠素之译的《资本论》共五册，买来了看不懂，也就送给了他，大约于他亦无甚用处，因为他的兴趣还是在于文学方面。杜君的气色本来不大好，其发病则大概在十九年秋后，《骆驼草》第二十四期上有一篇小文曰《无题》，署名“偶影”，即是杜君所作，末署“一九三〇年十月八日病中，于北大”，可以为证。又查旧日记民国二十年分，三月十九日项下记云，下午至北大上课，以《徒然草》赠予杜君，又借予《源氏物语》一部，托李广田君转交。其时盖已因病不上课堂，故托其同乡李君来借书也。

至十一月则有下记数项：

十七日，下午北大梁君等三人来访，云杜逢辰君自杀未遂，雇汽车至红十字疗养院，劝说良久无效，六时回家。

十八日，下午往看杜君病，值睡眠，其侄云略安定，即回。

十九日，上午往看杜君。

二十一日，上午李广田君电话，云杜君已迁往平大附属医院。

二十二日，上午孟云峤君来访。

杜君不知道是什么时候进疗养院的。在《无题》

中他曾说："我是常在病中，自然不能多走路，连书也不能随意地读。"前后相隔不过一年，这时却已是卧床不起了。在那篇文章又有一节云：

这尤其是在夜里失眠时，心和脑往往是交互影响的。心越跳动，脑里宇宙的次序就越紊乱，甚至暴动起来似的骚扰。因此，心也跳动得更加厉害，必至心脑交瘁，黎明时这才昏昏沉沉地堕入不自然的睡眠里去。这真是痛苦不过的事。我是为了自己的痛苦才了解旁人的痛苦的呀。每当受苦时，不免要诅咒了：天地不仁，以万物为刍狗！

我们从这里可以看出病中苦痛之一斑，在一年后这情形自然更坏了，其计划自杀的原因据梁君说即全在于此。当时所用的不知系何种刀类，只因久病无力，所以负伤不重，即可治愈，但是他拒绝饮食药物，同乡友人无法可施，末了乃赶来找我去劝。他们说，杜君平日佩服周先生，所以只有请你去，可以劝得过来。我其实也觉得毫无把握，不过不能不去一走，即使明知无效，望病也是要去的。劝阻人家不要自杀，这题目十分难，简直无从着笔，不晓得怎么说才好。到了北海养蜂夹道的医院里，见到躺在床上，脖子包着绷带的病人，我说了些话，自己也都忘记了，总之，说着时就觉得是空虚无用的，心里一面批评着说，不行，不行。

果然这都是无用，如日记上所云劝说无效。我说几句之后，他便说，你说的很是，不过这些我都已经想过了的。末了他说，周先生平常怎么说，我都愿意听从，这回不能从命。并且他又说，我实在不能再受痛苦，请你可怜见放我去了罢。我见他态度很坚决，情形与平时不一样，杜君说话声音本来很低，又是近视，眼镜后面的目光总向着下，这回声音转高，除去了眼镜，眼睛张大，炯炯有光，仿佛是换了一个人的样子。假如这回不是受了委托来劝解来的，我看这情形恐怕会得默然，如世尊默然表示同意似的，一握手而引退了吧。现在不能这样，只得枝梧了好久，不再说理由，劝他好好将息，退了出来。第二天去看，听那看病的侄儿说稍为安定，又据孟君说后来也吃点东西了，大家渐渐放心。日记上不曾记着，后来听说杜君家属从山东来了，接他回家去，用鸦片剂暂以减少苦痛，但是不久也就去世，这大约是二十一年的事了。

杜君的事情本来已是完结了，但是在那以后不知是从哪一位，大概是李广田君罢，听到了一段话。据说在我去劝说无效之后，杜君就改变了态度，肯吃药喝粥了，所以我以为是无效，其实却是发生了效力。杜君对友人说，周先生劝我的话，我自己都已经想过了的，所以没有用处，但是后来周先生说的一节话，却是我所没有想到的，所以给他说服了。这一节是什么话，我自己不记得了，经李君转述大意如此：周先生说，你个人痛苦，欲求脱离，这是可以谅解的，但是现在你身子不是个人的了，假如父母妻子他们不愿你离去，你还须体谅他们的意思，虽然这于你个人是一个痛苦，暂为他们而留住。老实说，这一番话本极寻常，在当时智穷力竭无可奈何时，姑且应用一试，不意打动杜君自己的不忍之心，乃转过念来，愿以个人的苦痛去抵销家属的悲哀，在我实在是不及料的。我想起几句成语，日常的悲剧，平凡的伟大，杜君的事正当得起这名称。杜君的友人很感谢我能够劝他回心转意，不再求死，但我实是很惶恐，觉得很有点对不起杜君，因为听信我的几句话使他多受了许多的苦痛。我平常最怕说不负责的话，假如自己估量不能做的事，即使听去十分漂亮，也不敢轻易主张叫人家去做。这回因为受托劝解，搜索枯肠凑上这一节去，却意外的发生效力，得到严重的结果，对于杜君我感觉负着一种责任。但是考索思虑，过了十年之后，我却得到了慰解，因为觉得我不曾欺骗杜君，因为我劝他那么做，在他的场合固是难能可贵，在别人也并不是没有。一个人过了中年，人生苦甜大略尝过，这以后如不是老成转为少年，重复想纳妾再做人家，他的生活大概渐倾于为人的，为儿孙作马牛的是最下的一等，事实上却不能不认他也是这一部类，其上者则为学问为艺文为政治，他们随时能把生命放得下，本来也乐得安息，但是一直忍受着孜孜矻矻的做下去，牺牲一己以利他人，这该当称为圣贤事业了。杜君以青年而能有此精神，很可令人佩服，而我则因有劝说的关系，很感到一种鞭策，太史公所谓虽不能至，心向往之，或得如传说所云，写且夫二字，有做起讲之意，不至全然打诳语欺人，则自己觉得幸甚矣。

（民国三十三年十月四日，记于北京）

【附记】 近日整理故纸堆，偶然找出一张纸来，长一尺八寸，宽约六寸，写字四行，其文曰：

民国二十年一月三十日晨，梦中得一诗曰，偃息禅堂中，沐浴禅堂外，动止虽有殊，心闲故无碍。族人或云余前身为一老僧，其信然耶。三月七日下午书此，时杜逢辰君养病北海之滨，便持赠之，聊以慰其寂寞。作人于北平苦茶庵。

下未钤印，不知何以未曾送去，至今亦已不复记忆，但因此可以知道杜君在当时已进疗养院矣。老僧之说本出游戏，亦有传讹，儿时闻祖母说，余诞生之夕，有同高祖之叔父夜归，见一白须老人先入门，迹之不见，遂有此说，后乃衍为比丘耳。转生之说，在鄙人少[①]信，岂遂领受？但觉得此语亦复有致，盖可免于头世人之讥也。

（十一月三十日）

【锺校】

①“少”原作“小”。

明治文学之追忆

今年秋天我写过一篇《我的杂学》，约有二万五千言，略述我涉猎中外图书所受到的几方面的影响。其中有四节是关于日本的，文中曾云：

> 我的杂览从日本方面得来的也并不少。这大抵是关于日本的事情，至少也以日本为背景，这就是说很有点地方的色彩，与西洋的只是学问关系的稍有不同。

概括的说，大概从西洋来的属于知的方面，从日本来的属于情的方面为多，对于我却是一样的有益处。这四节中所说及的有乡土研究，民艺，江户风物与浮世绘，川柳，落语与滑稽本，俗曲，玩具等这几项，各项都说的很简略，而明治文学这一项却未列入，只有第十八节中附带说及云：

> 明治大正时代的日本文学，曾读过些小说与随笔，至今还有好些作品仍是喜欢，有时也拿出

来看，如以杂志名代表派别，大抵有《保登登歧须》《昴》《三田文学》《新思潮》《白桦》诸种，其中作家多可佩服，今亦不复列举，因生存者尚多，暂且谨慎。

这里所说的理由只是一小部分，重要的乃是在于现今的自觉，对于文学觉得不大懂得。翻阅旧文章，看见民国十四年的《元旦试笔》中曾经说过："以前我还以为我有着自己的园地，去年便觉得有点可疑，现在则明明白白的知道并没有这么一片园地了。"在整整的二十年前，已经明了的说了，把文学家的招牌收藏起来，关于文学的话以后便不敢多说，这回的故意省略也就是为此。但是仔细一想，文坛脱退固是好事，把过去的事抹煞不提，缺了一部分也不是办法，所以如今且来补说一点，作为《我的杂学》的一节吧。

我与日本文学的最初的接触，说起来还与东京《朝日新闻》有关。我于前清光绪丙午即明治三十九年到东京，那时夏目漱[1]石已经发表了《哥儿》，继续写着《我是猫》，不久辞去大学教授，入《朝日新闻》社，开始揭载小说《虞美人草》。我与先兄住在本乡汤岛的下宿内，看他陆续买了单行本《我是猫》

【锺校】

①"漱"原作"濑"。

的上册，《漾虚集》及《鹑笼》等书来，平常所看的是所谓学生报的《读卖新闻》，这时也改定了《朝日》，天天读《虞美人草》，还切拔了卷起留着。后来《虞美人草》印成单行本，我才一读，可是我所喜欢的还是《我是猫》与《哥儿》《三四郎》《门》以及《草枕》四篇中的小品。《保登登岐须》的写生文我所喜欢的有坂本文泉子，其写儿时生活的《梦一般》我爱读多年，今年才把他译成了汉文，此外有铃木三重吉与长冢节，铃木的《千鸟》与长冢的《太十和他的狗》等都在《保登登岐须》发表，而其长篇《小鸟的窠与土》又都登载在《朝日》上面，我只译过铃木的几篇《金鱼》等小篇，长冢的可惜未及着手。这些人都与夏目有关的，这里便连带的说及。

夏目以外我所佩服的文人还有森鸥外。与他有关系的杂志是《昴》，后来有《三田文学》。

森氏著作甚多，我所喜的也只是他的短篇，收在《分身与走马灯》《涓滴》《高濑舟》以及《山房札记》各集中。《昴》的同人中有石川啄木、与谢野夫妻，诗与歌都有名，不过那是韵文，于我的影响很少。木下杢太郎我也很佩服，但是他写戏曲与美术评论，为我所不大懂的，唯《食后之歌》一册却宝藏至今。《三田文学》中的森氏作品似以长篇为多，不很记得了，其中有永井荷风，他的随笔论文我很是喜欢，虽然其大部分多是后来所作。户川秋骨也是庆应大学的教师，大概也在其内，但是初期《三田文学》中仿佛少见他的文章，我所读的都是单行本，所以这里的关系也有点说不清楚了。

户川是英文学者，我所喜欢的却是他的随笔，虽然他的英文学的论文也是同样的有意思。他的文章的特色我曾说是诙谐与讽刺，一部分自然无妨说是出于英文学中的幽默，一部分又似日本文学里的俳味，自有一种特殊的气韵，与全受西洋风的论文不同。在这幽默中间实在多是文化批评，比一般文人论客所说往往要更为公正而且深刻。这是我对于户川最为佩服的地方。我在以前佩服内田鲁庵的论文也是同一理由，因为他们的思想都是唯理的，而博识与妙文则居其次焉。唯理思想有时候不为世间所珍重，唯在渐近老年的人自引起共感，若少年血气方盛，不见赞同，固亦无妨也。其次还有这样的两位，他们本来或者并不是一路，但在我觉得同样的爱重，所以唐突的拉在一起来说，这便是永井荷风与谷崎润一郎。永井的小说如《祝杯》等大都登在《中央公论》上，谷崎的如《刺青》等是在《新思潮》上发表的，当时也读过，不过这里要说的乃是他们的随笔散文，并不是小说。老实说，我是不大爱小说的，或者因为是不懂所以不爱，也未可知。我读小说大抵是当作文章去看，所以有些不大像小说的随笔风的小说，我倒颇觉得有意思，其有结构有波澜的，仿佛是依照着美国板的《小说作法》而做出来的东西，反有点不耐烦看，似乎是安排下好的西洋景来等我们去做呆鸟，看了欢喜得出神。废名在私信中有过这样的几句话，我想也有点道理：

> 我从前写小说，现在则不喜欢写小说，因为小说一方面也要真实，——真实乃亲切，一方面又要结构，结构便近于一个骗局，在这些上面费了心思，文章乃更难得亲切了。

我对于一般小说不怎么喜欢，但如永井晚近所作的《濹东绮谭》，谷崎的《武州公秘话》，所写的方面不同，我读过都感觉有兴趣，不过他们又还写有散文随笔，那么我所喜欢的自然还是在这一边了。永井的《日和下驮》——这书名翻译不好，只好且用原文，大概还是最初登在《三田文学》上，后来单行，是我的爱读书之一，文章与意思固然都极好，我的对于明治的东京的留恋或者也是一种原因，使我特别爱好这一册小书。此外的《荷风随笔》《冬之蝇》《面影》，以及从前的杂稿都曾收集，惜已有散失，《下谷丛话》是鸥外式的新体传记，至今还在翻看。谷崎的随笔大概多是近几年中所写，我所喜的是《青春物语》以后的，如《摄阳随笔》《倚松庵随笔》《鹑鹑陇杂纂》等均是，《文章读本》虽然似乎是通俗的书，我读了也很佩服。这两位作家的辈分与事业不是一样，我却是一样的看重，关于文章我们外国人不好多嘴，在思想上总是有一种超俗的地方，这是我觉得最为可喜的。讲到末了还有一位岛崎藤村先生，他在日本新文学上的位置是极其重要的，拿别人来和他作比较，例如夏目与森这两位，一是大学教授，一是军医总监，文学活动时期只以明治大正为限，藤村则一生只是弄文学，以二十六岁时发表新诗集起，后来做小说，至七十二岁逝世，还在写《东方之门》未曾完了，前后将五十年，自明治以至昭和，一直为文坛的重镇。他的诗与小说以前也曾读过好些，但是近来却爱看杂文，所记得的还是以感想随笔为多，在这里我也最觉得能看出老哲人的面影，是很愉快的事。我不能正当的称扬其诗与小说的功绩，只在讲到随笔的地方说及他，便是为了这个缘故。藤村随笔里的思想并不能看出有什么超俗的地方，却是那么和平敦厚，而又清澈明净，脱离庸俗而不显出新异，正如古人所说，读了令人忘倦。大抵超俗的文章容易有时间性，因为有刺激性，难得很持久，有如饮酒及茶，若是上边所说的那种作品则如饮泉水，又或是糖与盐，乃是滋养性的也。这类文章我平常最所钦慕，勉强称之曰冲淡，自己不能写，只想多找来读，却是也不易多得，浅陋所见，唯在兼好法师与芭蕉，现代则藤村集中，乃能得之耳。

关于白桦派的诸君，今且从略，其理由则是已在明治以后，不在此文所说范围之内，其次亦因我与诸君多曾相识，故暂且谨慎也。鄙人本非文人，岂敢对于外国文学妄有论列，唯因杂览日本著作，颇受裨益，乃凭主观稍加纪录，以志不忘，见识谬误自不能免，但如陶渊明言，愿识者见而恕之而已。

（民国三十三年十二月二十日）

《广阳杂记》

十多年前听亡友饼斋说刘继庄，极致倾倒之意，云昔曾自号掇献，以志景仰，因求得其所著《广阳杂记》读之，果极有意思。书凡五卷，“功顺堂丛书”本，卷首有王崑绳撰墓表甚佳，胜于全谢山所作传，盖了解较深也。墓表称继庄颖悟绝人，博览，负大志，不仕，不肯为词章之学，又云，生平志在利济天下后世，造就人才，而身家非所计。其气魄[1]颇与顾亭林相似，但据我看来，思想明通，气象阔大处还非顾君所能企及。还有一点特别的，继庄以北人而终老吴中，与亭林正相反。古诗云，胡马嘶北风，越鸟巢南枝，二君所为均有志士苦心存于其中，至今令后人思之亦不禁感奋。传中亦云，“又其栖栖于吴头楚尾间，茫不为枌榆之念，将无近于避人亡命者之所为”，

【锺校】

①“魄”原作“魂”。

所以也不能说是不了解，但既称继庄之才极矣，又谓其恢张过于彭躬庵，而对于继庄之许可金圣叹一事乃大叹诧，岂非还是与顾亭林骂李卓吾一样，对于恢张之才仍是十分隔膜也。刘继庄的感愤是很明了的，如卷一二中记洪承畴为其母及师所不齿之事，至再至三，又记金陵遗老逃而之禅别成心疾的仙人李拗机，卷二三中屡记赐姓遗事，及倒戈而终施行迁海策的黄澄施琅辈，及与杨于两谈赐姓成就人材，杨谓闽向以文胜，今多武勇之士，举林兴珠为例，继庄乃慨然曰，黄金用尽教歌舞，留与他人乐少年，遂投箸而起。此言甚可思，但此并不是继庄的唯一的长处，我觉得可佩服的此外还是其气度之大，见识之深，至少一样的值得称扬，这里文抄公的工作也不是可以太看轻的。首先我们看他自述为学的方法，卷二云：

> 余于甲子初夏在包山沈茂仁家，偶有所见，奋笔书曰，眼光要放在极大处，身体要安在极小处。迄今十年，乃不克践斯言也，甚矣知之易而行之难也。

又卷四云：

> 陈青来执贽于予，问为学之方，予言为学先须开拓其心胸，务令识见广阔，为第一义。次则于古今兴废沿革、礼乐兵农之故一一淹贯，心知

其事，庶不愧于读书。若夫寻章摘句，一技一能，所谓雕虫之技，壮夫耻为者也。

卷二谈岣嵝禹碑文字不可考释，结语云：

大都古今人非自欺则欺人与为人所欺耳，六经诸史暨三藏十二部诸家之书皆然，不止一岣嵝碑已也。

卷三云：

图麟述其前日见里巷邻家有丧，往来杂遝，而己独立门前，萧然无事，援笔书云，世俗之礼不行，世俗之人不交，世俗之论不畏，然后其势孤，势孤然后能中立。

予闻其语，亟令图老书于便面，以赠伯筠。

这几节的话都说得极好，但只是理论而已，到底他自己如何运用，我们可以很简要的抄出几则来。卷二有两则云：

余观世之小人，未有不好唱歌看戏者，此性天中之《诗》与《乐》也。未有不看小说听说书者，此性天中之《书》与《春秋》也。未有不信占卜祀鬼神者，此性天中之《易》与《礼》也。圣人六经之教原本人情，而后之儒者乃不能因其势而利导之，百计禁止遏抑，务以成周之刍狗茅塞人心，是何异壅川使之不流，无怪其决裂溃败也。夫今之儒者之心为刍狗之所塞也久矣，而以天下大器使之为之，爰以图治，不亦难乎。

余尝与韩图麟论今世之戏文小说，图老以为败坏人心，莫此为甚，最宜严禁者。余曰，先生莫作此说，戏文小说乃明王转移世界之大枢机，圣人复起，不能舍此而为治也。图麟大骇，余为之痛言其故，反复数千言，图麟拊掌掀髯叹未曾有。彼时只及戏文小说耳，今更悟得卜筮祠祀为《易》《礼》之原，则六经之作果非徒尔已也。

卷四云：

旧春上元在衡山县曾卧听采茶歌，赏其音调，而于辞句懵如也。今又□[①]衡山，于其土音虽不尽解，然十可三四领其意义，因之而叹古今相去不甚远，村妇稚子口中之歌而有十五国之章法，顾左右无与言者，浩叹而止。

大抵明季自李卓吾发难以来，思想渐见解放，大家肯根据物理人情加以考索，在文学方面公安袁氏兄弟说过类似的话，至金圣叹而大放厥词，继庄所说本来也沿着这一条道路，却因为是学者或经世家的立场，所以更为精深，即在现今也是很有意义的，盖恐

【锺校】

① 原刊如此，经查系刻本阙字。

同意的人也还不能很多也。此外有谈琐事者，如卷二云：

涵斋言，嘉靖以前世无白糖，闽人所熬皆黑糖也。嘉靖中一糖局偶值屋瓦堕泥于漏斗中，视之糖之在上者色白如霜雪，味甘美异于平日，中则黄糖，下则黑糖也。异之，遂取泥压糖上，百试不爽，白糖自此始见于世。继庄曰，宇宙之中万美毕具，人灵渺小，不能发其蕴，如地圆之说直到利氏西来而始知之，硝硫木炭和合而为火药，方济伯偶试而得之。以此知造化之妙伏而未见者，非算数譬喻所能尽，而世人之所知者特其一二端倪耳，吾知千世而后，必有大圣人者出而发其覆也。

记白糖原始亦是常事，我仿佛曾经见过不止一次，说的与看的人都是这样的过去完事，这里却引起那一段感想，而其见识和态度又是那么的远大厚重，显示出对于知识之期待与信赖，此即在并世亦是不易得的事。又卷一云：

大兄云，满洲掳去汉人子女，年幼者习满语纯熟，与真女直无别，至老年乡音渐出矣，虽操满语其音则土，百不遗一云。予谓人至晚年渐归根本，此中有至理，非粗心者所能会也。予十九岁去乡井，寓吴下三十年，饮食起居与吴习，亦自忘其为北产矣。丙辰之秋大病几死，少愈，所思者皆北味，梦寐中所见境界无非北方幼时熟游之地，以此知汉高之思丰沛，太公之乐新丰，乃人情之至，非诬也。

我以前查考朱舜水遗事，曾见日本原公道著《先哲丛谈》卷三中有一则云："舜水归化历年所，能和语，然及其病革也，遂复乡语，则侍人不能了解。"当时读之怆然有感，今见此文，可用作笺疏，而称其有至理，刘君之情乃尤可感矣。《杂记》原本或是随时札记，亦有从日记录出者，如记叙各地风物小文，似均是其中之一部分，寥寥数十字或百许字，文情俱胜，在古文游记中亦绝不多见。卷四中谈《水经注》，有云：

郦道元博极群书，识周天壤，其注《水经》也，于四渎百川之原委支派，出入分合，莫不定其方向，纪其道里，数千年之往迹故渎，如观掌纹而数家宝，更有馀力，铺写景物，片语只字，妙绝古今，诚宇宙未有之奇书也。

这里称赞《水经注》铺写景物的[1]话，正好借了

【锺校】

① 原无"的"字，今增。

来称赞他，虽然这也只是如文中所说的一点馀力而已。如卷二云：

长沙小西门外，望两岸居人，虽竹篱茅屋，皆清雅淡远，绝无烟火气。远近舟楫上者下者，饱张帆者，泊者，理楫者，大者小者，无不入画，天下绝佳处也。

卷三云：

七里泷山水幽折，非寻常蹊径，称严先生之人，但所谓钓台者远在山半，去江约二里馀，非数千丈之竿不能钓也。二台东西峙，覆以茅亭，其西台即宋谢皋羽痛哭之处也，下有严先生祠，今为营兵牧马地矣，悲哉。

卷四云：

蕲州道士洑在江之西南，山极奇峭，有兰若临江，树木丛茂，大石数十丈踞江边。舟过其下，仰望之，复自看身在舟中，舟在江中，恍如画里，佳绝。

又云：

汉口三元庵后有亭曰快轩。轩后高柳数百株，平野空阔，渺然无际。西望汉阳诸山，苍翠欲滴。江南风景秀丽，然输此平远矣。

汉水之西南，距大别之麓，皆湖渚，茭芦菱

芡，弥漫苍莽。江口筑堤，走龟山之首，约里许，自西达东，石甃平整，循堤而东，南望湖渚，有江南风景。

汉阳渡船最小，俗名双飞燕，一人而荡两桨，左右相交，力均势等，最捷而稳。且其值甚寡，一人不过小钱二文，值银不及一厘，即独买一舟亦不过数文。故谚云，行遍天下路，惟有武昌好过渡。信哉。

末了我辈再来引一段做结束，卷三云：

偶与紫庭论诗，诵魏武观沧海诗，水何澹澹，山岛竦峙，草木丛生，洪波涌起。紫庭曰，只平平写景，而横绝宇宙之胸襟眼界，百世之下犹将见之，汉魏诗皆然也，唐以后人极力作大声壮语以自铺张，不能及其万一也。余深叹服其语，以为发前人未发。紫庭慨然诵十九首曰，不惜歌者苦，但伤知音稀。非但能言人难，听者正自不易也。

这一节话我们刚好拿来作《杂记》的总评，紫庭所说横绝宇宙之胸襟眼界，正是刘继庄所自有的，只可惜在《杂记》中零星的透露出来，没有整个的著作留下，可以使我们更多知道一点。王崑绳在墓表中说，盖其心廓然大公，以天下为己任，使得志行乎时，建立当不在三代下，这意见我是极为赞同的，虽然在满清时根本便不会得志，大概他的用心只在于养成后起的人而已吧。这里就是那十九首的悲哀，乾隆以来大家已是死心塌地的颂圣，若全谢山能知继庄行踪之异，也算是不易得的了。清季风气一转，俞理初蒋子潇龚定庵戴子高辈出，继庄的学问始再见重于世，友人间称扬此书者亦不少。饼斋治文字音韵之学，对继庄这一方面的绝诣固极心折，但其所最为倾倒者当亦在于思想明通气象阔大这一点上，则与鄙人盖相同也。我得《广阳杂记》，阅读数过，蓄意抄录介绍，数年来终不果，至今始能草草写成此文，距饼斋谢世则已五阅春秋矣。

（三十三年除夕）

杨大瓢日记

杨大瓢日记一册，凡七十八页，每半页八行，行二十字，系大瓢手笔，从杨氏后人借得，因倩人录得副本。书面题“杨子日记”，有印二，朱文曰赤泉后裔，白文曰铁函斋，卷末白文印曰汉太尉伯起公五十二世孙。所记为康熙四十六年丁亥一年间事，大瓢时年五十八岁，事多琐屑，但亦有可资考证者，略举数事于后。

一二两月大瓢在福州，居福建巡抚李质君幕中，及李病殁，乃护丧回江苏，于四月初抵苏州。在此期间，记有下列各项，其一是关于《柳边纪略》者：

> 正月初九日，校《柳边纪略》。
>
> 初十日，校《柳边纪略》竟。
>
> 十二日，属朱诚哉钞《出塞诗》，附《柳边纪略》后。

其次是与林同人的往还，却亦与《柳边纪略》有关。

二月二十二日，过荔水庄寻林同人。同人已瞽，扶杖出见，时年已七十有一矣。

二十三日，赴蓝公漪之招，与林同人痛谈甚乐。

二十四日，跋“玉板十三行帖”，同“定武兰亭叙”赠林同人。过装潢家梁允静观故家残帖，择其数种，中有“三雅斋兰亭”，并赠同人。许伯调招同同人蓝公漪林洙云陈廷汉饮紫藤花庵，出败帖观之，又与同人纵谈边塞，以《柳边纪略》示之。

三月初二日，林同人归我《柳边纪略》。

案：《柳边纪略》著作年月不详，但根据上文，可知其五卷本的形式至此时方确定，五篇序文中写明丁亥夏五月的林序更是明显，在这年的夏天补作了寄去的。叶调生《吹网录》卷四说，杨书成于丁亥年，见林侗序，这却未免有点误会，那《纪略》本文恐怕早已写成，因为第一篇序是费密，查费此度卒于康熙三十八年己卯，所以成书总当在这年之前。林同人喜金石文字，和大瓢很谈得来，但是说已瞽，怎么看得见《兰亭叙》，我想或者只是眼光昏暗罢了，未必真是瞎吧，不然叫盲人评法帖，殆近于笑话矣。

大瓢回到苏州后访问亲友，有一两项颇有意思，因为这些人我们多少有点知道的：

> 四月初十日，视亡友顾小谢汪淡洋之孤，各馈银物有差。
>
> 二十一日，亡友顾小谢妇赵以其遗腹子全来，拜杨子为父，而赵则认太君为母，为全制衣冠而遣之。
>
> 五月二十三日（在扬州），过费紫蘅，同访石涛道士。石涛者，宗室靖江王之后也，一字清湘，有书画名。

顾小谢的名氏一般或未必知道，寒斋恰好有他评选的《唐律销夏录》，所以见了面善。书凡五卷，乾隆壬午何文焕重刊本很是精妙，但是原本也不弱，据序说成于丙子，当是康熙三十五年，距丁亥亦才十一二年前耳。原本署名顾以安，何刻本乃云顾安，不知何据。至于石涛上人，大家都知道，可以不必多赘了。

大瓢于六月初二日到南京，至二十日午后乃乘肩舆，率子侄跨驴行，宿于秣陵关。在南京与方望溪往来颇密，日记上记得很多：

> 六月初三日，拜方灵皋，不值。
>
> 初六日，方灵皋来。
>
> 初七日，赴方灵皋饭。

初八日，作方灵皋《十七帖》《庙堂碑》《兰亭叙》跋。

初十日，书方灵皋三帖跋，又批阅其近文三篇。

十一日，札方灵皋，归其文稿法帖。

十二日，张安谷方灵皋来，灵皋赠我秋石二饼。

十五日，方灵皋蔡铉升张安谷来，久之不去，不得已饭之。

十八日，夜方灵皋来。

案：是年方望溪年四十岁，已成进士，对于大瓢却似颇有敬意，岂因学书故耶，唯以近稿属批阅，则其虚心亦可佩服矣。大瓢为方望溪所作题跋三首今悉收在《铁函斋书跋》中，唯《望溪文集》中不曾少留有痕迹，盖以与义理文章都无关系，故无可留，此亦不足怪也。秋石之赠，则又足以证明交情之不浅，案：秋石系取童男女溺炼成之物，《本草纲目》卷五十二“人部”，李时珍曰：

方士以人中白设法煅[1]炼，治为秋石。服者多是淫欲之人，借此放肆。虚阳妄作，真水愈

【锺校】

① “煅”原作“煆”。

涸，安得不渴耶，惟丹田虚冷者服之可耳。

杨子长者，享寿七十一，方君又是大贤，投赠之意不知何在，后人蠡测殊莫能明。我所觉得有意思者，日记尺牍，寥寥数语，往往无意中留下绝好的资材，令读者欣赏不尽也。

七月二十八日，戴田有来。

八月初三日，戴田有札至。

初七日，札戴田有，致《潜书》。

二十二日，潘稼堂来。

二十三日，示稼堂《柳边纪略》。

九月初五日，潘稼堂札致安城府君补臂图诗，及杨子《柳边纪略》序。

十五日，札潘次耕，致《柳边纪略》。

此外潘次耕的来访通讯的纪事还有五六次，不具举，《柳边纪略》的潘序作于此时，可以知道。戴南山于康熙五十年为赵申乔所告发下狱，为清代大文字狱之一，五十二年被杀，年六十一，在丁亥当是五十五岁。此一年间所记交游中尚有好些名人，如查声山，周燕客，方扶南，王伏草，汪武曹，何屺瞻，缪武子，蒋湘帆，林吉人等，因多只简单的往来，今悉从略。

日记中记有家庭里的几件大事，也很重要。道光间筠石山房刊《大瓢偶笔》例言中云，大瓢所著别有《家庭纪述》一卷，具载家庭琐事，无关书学，故未编入。据所云具载琐事，其书当大有价值，惜今不传，即叶调生傅节子留心大瓢著作者亦均未见，此日记中所存一二资料因此亦可珍矣。其一是关于大瓢弟楚萍之卒者：

六月二十八日，楚萍病革，未时殁。

二十九日，未时殓楚萍。戌时其后妻马亦死。

七月初一日，遣使至故乡报丧。未时殓马氏。是日收养珩，瑱，瑜。

案：楚萍名实，据费此度《纪略》序如此写，叶傅各家作宝似误，《力耕堂诗稿》卷二有《送二弟出山海关省觐诗》，计其时楚萍二十四岁，为康熙二十年辛酉。费序中记其事云：

楚萍在襁褓中离亲侧二十年，颜面皆不得知，既至跪父母前，自道其乳时小名曰，儿某也，伏地不能起。母惊而下土炕，执其手，上下其面目曰，汝即某儿，乃今成人耶。于是母子抱持，绝复苏，自起作炊，以刀割肉，泪下脔胾，徐问浙中消息，内外亲属，欢极而痛，痛极而欢，语中夜不止，骨肉之情盖若真若梦者累日。

至丁亥楚萍年五十，乃卒，遗子三人，唯据日记云：

八月初九日，楚萍幼子瑜殇。

十月初一日，楚萍第二子瑱殇。

楚萍三子盖唯存长子珩而已。其二是关于大瓢母范孺人之卒，亦在是年之冬，记云：

十一月二十七日，太君药不下，守至夜半亥时殁。

十二月初四日，作《范孺人家传》。

初八日，作《范孺人墓记》。

十二日，属莹木书《范孺人墓记》于砖。

十八日，卯时祭，发引，更馀至团山。

十九日，雨中登山，开寿圹，颇温暖，巳时葬。

案：《鸥陂渔话》卷二杨大瓢之父遗成事一文，末有双行小注云：

大瓢父墓在我郡团山，见稿中《范孺人传》，其地近白马涧，距城十馀里，近年有人得其墓志拓本，文为姜西溟撰，字已漫漶过半，疑其墓久不保矣。

今据日记可考知其作传年月，又《范孺人墓记》只书于砖上，不曾刻石，自然更不可考了。末了还有几项记事，可以举出来看：

正月十八日，夜阅《左传事纬》，梦馌耕。

七月初八日，是日馌耕疾。

十五日，祀先，夜祭无主孤魂于朱家园，馌耕意也，凡七年于兹矣。

十月十二日，第三孙满月，属馌耕为之剃发。

十九日，夜遣馌耕侍太君。

二十二日，夜太君遣馌耕归。

二十四日，是日顾夫人娶继子妇，召馌耕挑方巾，夜二鼓冒雨还。

十一月十六日，召祝希饶为太君及馌耕写照。

案：上文所记乃是关于大瓢夫人的事，筠石山房本《大瓢偶笔》中有不著撰人姓名的《杨大瓢传》。末有一节云：

娶朱氏，小字馌耕，宾故自号耕夫。求昏前夕朱梦虎跃入庭负之而去，诘旦告亲，媒妁适至，询知属虎，遂许字。后宾旅游将归，朱必梦虎，期皆先知，因自号梦虎道者。亦善书，尝剪《庙堂碑》临之。

今《铁函斋书跋》中有梦虎道者《庙堂碑题跋》

一则，云梦虎道者见而爱之，手剪为条，粘之书本，临摹且三年矣，此跋大概作于丙戌年冬，然则剪碑事亦当在康熙四十一二年之际也。

（民国甲申十月十五日，记于十药草堂）

《寄龛四志》

数年前写过一篇小文谈《右台仙馆笔记》，引《艺风堂文续集》卷二中《俞曲园先生行状》云：

古来小说，《燕丹子》传奇体也，《西京杂记》小说体也，至《太平广记》，以博采为宗旨，合两体为一帙，后人遂不能分。先生《右台笔记》，以晋人之清谈，写宋人之名理，劝善惩恶，使人观感于不自知，前之者《阅微草堂五种》，后之者《寄龛四志》，皆有功世道之文，非私逞才华者所可比也。

后边加以案语云：

缪君不愧为目录学专家，又是《书目答问》的著者，故所说甚得要领，以纪晓岚孙彦清二家笔记与曲园相比，亦有识见，但其实铢两不能悉称，盖纪孙二君皆不免用心太过，即是希望有功于世道，坐此落入恶趣，成为宣传之书，唯以文笔尚简洁，聊可一读，差不至令人哕弃耳。

《寄龛全集》见于《丛书目录拾遗》卷十，甲乙丙丁四志各四卷即在其中，光绪年间所刻，市上多有，不为世人所重，艺风老人独注意及之，觉得可佩服，鄙人则以乡曲之见，收集山会两邑人著作，于无意中得来者也。据薛炳所撰家传，孙德祖字彦清，会稽县人，同治丁卯举人，光绪庚辰任长兴县学教谕，戊申卒于家，年六十九，盖生于道光二十年庚子，即西历千八百四十年。洪杨乱后居于小皋部，薛传云，与皋中诸子联诗社相唱和，一时文宴之盛，为泊鸥言社所未有，世所称皋社是也。皋社设在秦氏娱园，社中同人除主人秦树铦秋伊外，有孙垓子久，李慈铭爱伯，王诒寿眉叔，马赓良幼眉，陶方琦子珍，曹寿铭文孺，沈宝森晓湖，以及孙德祖彦清，诸人诗文集恰巧都多少收罗到了，不过这里不想研究皋社诗人，所以不必细表，所要说的只是孙君的著作而已。《寄龛全集》的内容，据寒斋所有者是《寄龛文存》四卷，《诗质》十二卷，《词问》六卷，甲乙丙丁志十六卷，《长兴县学文牍》二卷，《学斋庸训》一卷，《若溪课艺》一卷。诗是不大懂得，文则并不想谈，剩下来的所以只有那《寄龛四志》了。昔者陆放翁作《老学庵笔记》，至今甚见珍重，后来越人却不善著书，未曾留下什么好的笔记，寒斋所有清朝著作十五种中可取才及二三，平步青的《霞外捃屑》乃是容斋之流，其《蚬斗乐府本事》一卷六十则，可以算是传奇体之佳者，小说体则只得以此四志充数矣。

孙君文笔颇佳，系清道桥许伸卿刻板，未必精好，而字体多拟古，亦不尽从《说文》，却亦复可喜，其缺点在于好言报应轮回，记落雷或桥坏伤人，必归诸冥罚或前生事以至劫数，嫌其有道士气，此为读书人之大病，纪晓岚之短处亦正相同。但是四志有一特色，即附带说及的民俗资料颇不少，普通文人著作一心在于载道翼教，对于社会间琐屑事情都觉得不值得[①]记录，孙君却时时谈及绍兴民间的风俗名物，虽多极简略，亦是难得而可贵也。今抄出数则，大抵可以分为两类，一是关系鬼事的，二是关于俗语的。《丙志》卷二云：

> 俗传妇女以不良死者，其鬼所至常有脂粉气。

《甲志》卷四云：

> 《续新齐谐》云，溺鬼必带羊臊气，信然；然以为带羊臊者不能祟人，必五年后无此气乃能

【锺校】

① 原无“得”字，今增。

为祟，则非也。余故居半塘桥，宅后园有大池，与邻茹氏共之，茹氏凡溺三人，一婢之死先余生数年，其后一米铺学徒，一佣媪，则余皆目击，惟时皆闻水有羊膻，不出三日果溺人，平时未尝有也。

《丁志》卷一云：

余邻村大皋部有王氏子二人死于溺，是同堂兄弟，兄已浴矣，弟强之再浴，拍浮间兄见中流有物，如豕涉波，泅而趁之，为所持，不胜，呼弟为助，遂并没。其时别有幼弟与偕，惧而逸得免，述所睹如此。

《甲志》卷一云：

凤姑者以鬻鸦片烟为业，居昌安门外之芝凤桥，与余故居乐安堂隔一水，迤南不及半里，一夕火作，一家七人同尽，余年已十馀，望见之。业此者越人谓之开烟盘，大率置联榻，多设烟具，以便游手无籍之徒，灯火青荧，往往达旦。焚后比邻连夕闻叩关乞油声，或开户洒之，次旦审视地上亦绝无油渍。相传死于火者鬼常苦灼，得油则解。

又云：

越人信鬼，病则以为祟于鬼，宜送客。送客

以人，定一人捧米筛盛酒食，一人捻纸燃火导之大门外，焚楮钱已，送者即其处馂焉，谓之摸螺蛳，则不解其所由来，又何所取义也。皋坪村人孙忠尝佣于小皋部秦氏，为之送客，与其侣摸螺蛳，各尽一杯酒，再斟即不复得，以食饭，已而视壶中固未罄也，复饮则化为浆，稠粘而酸，不可沾唇矣。

舒丈芙峤亦言，少时读书山寺，司爨老人能视鬼，性好酒，每酤得酒，辄有鬼来窃饮，与之争不胜，为所嗅，酒故在而味淡于水。

案：送客又通称送夜头，摸螺蛳之名或起于诙谐，乡间有爬螺蛳船，以竹器沿河沿兜之，可抄得螺属甚多，送客者两手端米筛，状颇相似。《乙志》卷四云：

越中病者将死，则必市佛经焚之，以黄纸包其灰，置逝者掌中，谓之三十六包，以为入冥打点官司之用。或仓卒未及购致，有忍死以待者，设不及待而死，指伸不得握，得而焚与之乃握，所闻如是者比比，俗益神其事。

又卷二云：

归煞见《颜氏家训》，越人谓之转煞，读去声，尤笃信之。余家嘉德质库友张某殁后，有所司帐目未得明白，于其转煞夕姑置纸笔坐隅，居然启椟磨墨濡笔，作数行字，然萦绕如蛇蚓，卒无一字可辨识。段柯古《支诺皋》云，鬼书不久即漫灭，及晓纸上若煤污，无复字也。虽其迹不同，鬼之能书则较然可见，不知鬼无形质，何以能运用器物如此。

《丁志》卷一云：

鲁哀公祖载其父。孔子曰，设五谷囊乎。公曰，五谷囊者起伯夷叔齐，不食周粟，饿死首阳，恐魂之饥，故作五谷囊，吾父食味含哺而死，何用此为。见《艺文类聚》引《丧服要记》。此殆《颜氏家训》所谓粮罂，今越俗送葬犹用之。取陶器有盖者，子妇率孙曾男女凡有服者各于祖筵夹品物实其中，严盖讫，各以绵线绕其外，或积之数十百层，既窆而纳诸圹。

案：此种陶器出自特制，约可容一升，俗名盎打头瓶，不知字当如何写，范寅《越谚》中亦未收。《丙志》卷三记慈溪事，云邻人有作夜牌头者，注云，此称越亦有之，盖生人之役于冥者。宁波绍兴语多相通，夜牌头正是其一，唯《越谚》亦失载。又卷二云：

越俗有所谓关肚仙者，能摄逝者魂灵入腹中，与生人对语，小说家多有记其事者，或冤魂所附，或灵鬼凭之以求食，但与今异其名尔。余曾于亲串见女巫为之，语含胡不甚可辨，间从问者口中消息钩距之，盖鼓气伪为者居多。慈溪谓之讲肚仙。

以上各节涉及鬼事，虽语焉不详，但向来少见纪录，而学老师著书志本在资劝惩，文字又务雅正，却记述及此，虽是零星资料，亦足珍矣。其次关于俗语者亦复不少，今略抄数则，《甲志》卷四云：

道光中萧山有王阿二者以妒奸杀女尼十一人，谳定磔之省城，至今萧山人赌牌九者，得丁八一，辄目以“王阿二起解”。盖此戏数牌之点数，以多寡为胜负，又分文武，三点为丁，八点有二六三五两牌，皆武也，以丁侣八，除十成数只馀一点，莫少于是。他牌虽同为一点，有文牌者，如重四之八为人牌，重二为长二，重幺为地牌，重三为长三，幺三为和牌，幺五为短六，幺六为短七，皆属文，可侣他牌成一点，皆足以胜之，极言其无幸免也。

案：骨牌名称除计点者外，民间尚有俗名，如重二为板凳，幺五为拳头，或曰铜锤，幺六为划楫，重五为梅花，皆取象形，唯五六称为胡子，则义不可晓。幺二称钉子，二四转讹或称臭女婿，盖因其为武牌，唯与幺二配成至尊，若侣他牌则遇同点数之文牌无不败者，世轻之为臭，平常亦称为二四。《乙志》卷二云：

《宋书·乐志》载晋咸康中散骑侍郎顾臻表云，末世之伎，设礼外之观，足以蹈天，头以行地，云云。今越中亦有此戏，谓之竖蜻蜓。龙舟竞渡，或于小艇子上为之，艇狭而长，画鳞为龙形，两舷各施画楫十馀，激水如飞，一人倒植鹢首，屹然如建铁柱，谓之竖老龙头，可以经数时之久。

又卷四云：

货郎担越中谓之袋络担，是货杂碎布帛及丝线之属，其初盖以络索担囊橐炫且鬻，故云。小皋部邻沈媪有二子，曰袋络阿八袋络阿九，并以其业名。

《丙志》卷四云：

越俗患顽童之好狎畜狗若狸奴或为所爪啮也，曰骑猫狗者娶妇日必雨，患其好张盖而敝之也，曰非暑若雨及屋下张盖者躯不复长，皆投其所忌，缪为之说以惧之，然寻常鞭挞所不能止者，无勿帖然不敢犯。

上边所记未见于他书，均颇有意思，拣择出来，也是民俗研究的好材料。中国古来是那么一派学风，文人学者力守正宗，唯于不经意中稍或出轨，有所记述，及今视之甚可珍异，前人之绩业只止于此，我们应知欣感，岂得再有所责求耶。自己反省虽途径能知，而缺少努力，且离乡村已久，留滞都会中，见闻日隘，不能有所成就，偶读茹三樵《越言释》，范啸风《越谚》，平景孙《玉雨淙释谚》诸书，但有感叹，今抄《四志》亦复如是也。

（三十三年十一月十日，东郭生记）

《笑赞》

十几年前我编过一册笑话选，专就近代有撰人姓氏的笑话书中选取，计有三种，一为《笑府》，冯梦龙撰，二为《笑倒》，小引署咄咄夫题于半庵，案：《半庵笑政》一卷收在《檀[1]几丛书》馀集中，署陈皋谟字献可，当是其真姓名，三为《笑得好》，石天基撰。此外还有《笑赞》一卷，题清都散客述，清都散客又著有《芳茹园乐府》，即明赵南星，故此书亦特别有意思，惜传本木版漫漶，不能据录。星云堂书店曾有刊本，张寿林校录，字句多缺，读之闷损，其后中华书局将《乐府》《笑赞》合刊，名曰《清都散客二种》，有卢前吴梅序跋，而文中残缺如故。似此书至今尚多流传，而皆是版坏后所印，故缺文无法校补，每一翻阅，常感觉可惜。近时偶尔见到一部，印

【锺校】

①"檀"原作"橦"。

似较早，虽亦漫漶而尚多可辨识，因借校一过，《乐府》中只有两个字缺其半边，《笑赞》则《推官》条中缺一字，《南风诗赞》中缺一行十三字而已。卢跋称原书为明活字本，世罕流传，其实乃不然。寒斋所有一本，字甚多残缺，而纸墨均新，其第四十四叶且系近时补刊，看来至早是光宣年物，如此外五十来版系明活字，恐不能排着保存下来。还有可笑的是，补刊的一叶中缝有四字曰《笑赞题词》，书面贴签亦如是写，可知主其事者并非内行，但见第一叶有题词，以为即是书名，疑是祠堂管事人之类所为，唯印刷所用尚非是有光纸，故推定定系民国前之物，原板或系明末所刊，至于字迹可辨的一本大概亦是百年内所印，未必能很早也。

《清都散客二种》的序跋中，卢冀野的小引写得算最好，其文云：

> 清都散客者，高邑赵南星之别署。南星字梦白，号侪鹤，万历二年举进士，除汝宁判官，寻迁户部主事，调吏部考功，历文选员外郎，以疏陈四大害触时忌乞归。万历中再起为考功郎中，主京察，要路私人贬斥殆尽，遂被严旨落职。光宗立，起为太常少卿，继迁左都御史。天启初任吏部尚书，终以进贤嫉恶，忤魏忠贤，削籍戍代

州，天启七年卒。南星籍东林，与邹元标顾宪成世称三君。所作有《笑赞》《芳茹园乐府》。尤侗云，高邑赵侪鹤冢宰一代正人也，予于梁宗伯处见其所作填歌曲，乃杂取村谣俚谚，耍弄打诨，以泄其肮脏不平之气。所谓杂取村谣里谚者，《乐府》如是，《笑赞》亦如是，此其所以不重于士夫而转流播于里巷欤。爰合二种，刊以行世。甲戌正月，卢前引。

《笑赞》跋中又云：

《笑赞》之作，非所以供谐谑之资，而赞者故刺之谓也。所录共七十二则，原书为明活字本，都五十二页，页十六行，行十四字，世罕流传。见者往往亦以短书少之，不知其言外之义，抑可惜已。

案著者作《笑赞》的原意，在题词中本已说明白，其文云：

书传之所纪，目前之所见，不乏可笑者，世所传笑谈乃其影子耳，时或忆及，为之解颐，此孤居无闷之一助也。然亦可以谈名理，可以通世故，染翰舒文者能知其解，其为机锋之助良非浅鲜。漫录七十二则，各为之赞，名《笑赞》云。

嬉笑怒骂本是相连，所不同者怒骂大有欲打之意，嬉笑则情迹少轻又或陋劣，鄙夷不屑耳，其或有情的嘲弄，由于机智迸出，有如操刀之必割，《诗》所云善戏谑兮，不为虐兮者，当然可以不算在内。若是把笑话只看作谐谑之资，不知其有讽刺之意，那是道地的道学家[①]看法，压根儿就没法同他说得通了。我在《苦茶庵笑话选》中曾经简单的说明笑话的用处，略云：

> 其一，说理论事，空言无补，举例以明，和以调笑，则自然解颐，心悦意服，古人多有取之者，比于寓言。其二，群居会饮，说鬼谈天，诙谐小话亦其一种，可以破闷，可以解忧，至今能说笑话者犹得与弹琵琶唱小曲者同例，免于罚酒焉。其三，当作文学看，这是故事之一类，是滑稽小说的萌芽，也或是其枝叶，研究与赏鉴者均可于此取资，唯中国滑稽小说不知为何不发达，笑话遂有孤苦伶仃之感耳。其四，与歌谣故事谚语相同，笑话是人民所感的表示，凡生活情形，风土习惯，性情好恶，皆自然流露，而尤为直截彻透，此正是民俗学中第三类的好资料也。

【锺校】

①“道学家”原作“学道家”。

又在别的一篇小文里说过：

> 秋风渐凉，王母暴已过，我年例常患枯草热，也就复发，不能做什么事，只好拿几种小话选本消遣。日本的小话译成中国语当云笑话，笑话当然是消闲的最好材料，实际也不尽然，特别是外国的，因为风俗人情的差异，想要领解往往须用相当的气力。可是笑话的好处就在这里，这点劳力我们岂能可惜。我想笑话的作用固然在于使人笑，但一笑之后还该有什么馀留，那么这对于风俗人情之理解或反省大约就是吧。笑话，寓言与俗谚，是同样的好资料，不问本国或外国，其意味原无不同。

这里所谓对于风俗人情之理解即是上文的其四，而其反省的则是其一，也就是卢君所说的言外之意。这一类的笑话古人著书有利用的，其例颇多。幼时读圣贤书，见孟子述宋人揠苗助长芒芒然归情状，不禁失笑，孟子[1]说月攘一鸡，至今传诵，若韩非子所记种种宋人故事，简直是后来呆女婿的流亚了。古来贤哲常用这种手法，见于圣经贤传中，赵梦白东林贤者，继作《笑赞》，正是当然，而且即此更可以

【蒋校】

① “孟子”原作“孔夫子”。

见得他明朗通达，与平常道学家不同。他说明古今不少可笑可气的事，世间所传笑谈乃其影子，他指影给我们看，正要我们自己去找那形出来，这或者是别人，或者就是读者自己也说不定。《笑赞》第四十三则云：

唐朝山人殷安尝谓人曰，自古圣人数不过五[①]，伏羲，神农，周公，孔子（乃屈四指），自此之后无屈得指者。其人曰，老先生是一个。乃屈五指曰，不敢。

赞曰，殷安自负是大圣人，而唐朝至今无知之者，想是不会装圣人，若会装时，即非圣人，亦成个名儒。

又第五十一则云：

郡人赵世杰半夜睡醒，语其妻曰，我梦中与他家妇女交接，不知妇女亦有此梦否。其妻曰，男子妇人有甚差别。世杰遂将其妻打了一顿。至今留下俗语云，赵世杰半夜起来打差别。

赞曰，道学家守不妄语为良知，此人夫妻半夜论心，似非妄语，然在夫则可，在妻则不可，何也。此事若问李卓吾，定有奇解。

【锺校】

①“五”原作“三”。

这里面的人有名有姓，已是真形了，但此类事甚多，所以又可以转借过来作影子，至于赞语甚为透彻，此等本领已非冯子犹所及，唯有金圣叹李卓吾才能如此，赵君也已说及，此是他的大不可及处。一般小心小胆的人，守住既得的道德上的权利，一点不敢动，听见金李诸人的话便大感不安，起来嚷嚷，此正是赵世杰之打差别，其不为清都散客之所笑者几希矣。

《芳茹园乐府》中所收的是散套与小令，我们本来可以不谈了，但是其中也有与《笑赞》相关的地方。《笑赞》第十二则云：

> 辽东一武职素不识字，被论，使人念劾本，至所当革任回卫者也，痛哭曰，革任回卫也罢了，这者也两个字怎么当得起。
>
> 赞曰，至公至明，乃可以劾人，不然，者也二字断送了多少好人，真是难当也。

《乐府》中有《慰张巩昌罢官》一首，有二语云，容易的所当者也，断送的归去来兮，就用这个典故。本来这是散曲，不好拿了什么义法去范围，可是正经朋友往往不能了解，觉得刚正与诙谐难以并存，便有种种的议论。吴瞿安题记云：

> 梦白正人，游戏声歌，本无妨碍，而集中多市井谑浪之言，如《银纽丝》《一口气》《山坡

羊》《喜连声》《劈破玉》诸曲，再读一过，疑是伪托。

又卢冀野跋尾云：

世传刘辉以词诬六一，堂上簸钱，遂成罪语，日月之明故无伤也。侪鹤填词，见《西堂百末词》跋。案：此小集瑕瑜参半，谑浪之言或更掺入。当其遁迹，不平之气溢于辞表，绝恶佯狂，唯疑可案，既归林泉，偶有吟咏，好事传之，岂容尽信，披沙拣金，是在读者。顾继散词，厥维小曲，兹集所传，小曲为多，风气使然，虽贤者未能免耳。

二跋对于作者备致爱护，其意固可感，而语则甚为纰缪，必如海瑞霍韬乃为正人，此非不佞之所能领教也。以文字罪人，最是中国史上污点之一，刘辉之诬六一，舒亶之劾东坡，世所共弃，岂可阳违阴奉，斤斤以此裁量人。昔梁简文帝《诫子当阳公书》有云："立身之道与文章异，立身先须谨重，文章且须放荡。"吾深叹服此言，以为文人的理想应当如此，今见赵梦白，乃知此处有一人在，大可喜也。吴君所说《劈破玉》乃是卷末一章，今录于后：

俏冤家，我咬你个牙厮对。

平空里撞着你，引的我魂飞，

无颠无倒，如痴如醉。

往常时心似铁，到而今着了迷，

舍死忘生只为你。

这是很好的情歌，无论他是在什么时代所作，都觉得是有意思的事。又有一首题为《折桂令·后带急三枪》，小注云与诸弟同冯生酒集，其词云：

一丢丢些小亭中，花似唇香，竹爱人情。

喜煞潘安，吟穷杜甫，醉坏刘伶。

谣词儿气气声声，新酒儿淡淡浓浓。

怪友狂丁，瓦钵磁钟。

见放着平地神仙，又何须白日飞升。

咱们咱们胡海混，就地儿圆着圈。

咱们流杯，咱们吃个流杯会，咱们撒会村。

笑特特喜坏了咱们，咱们咱们打个滚。

这真是近于天籁的好文章，想见作者的性情与气象，海阔天空，天真烂漫，自有其伟大处。

《阅微草堂笔记》卷二记高邑赵忠毅“东方未明之砚”，背有铭曰：

残月荧荧，太白睒睒，

鸡三号，更五点。

此时拜疏击大奄，

事成策汝功，不成同汝贬。

忠义之气如见，亦可佩服，但实只是一种类型，不及读此两册短书，从富有人情处更能看见其所特有的平凡之伟大也。

（民国三十四年，一月二十日）

大乘的启蒙书

钱振锽著《名山小言》卷七中有一则云：

> 文章有为我兼爱之不同。为我者只取我自家明白，虽无第二人解，亦何伤哉，老子古简，庄生诡诞，皆是也。兼爱者必使我一人之心共喻于天下，语不尽不止，孟子详明，墨子重复，是也。《论语》多弟子所记，故语意亦简，孔子诲人不倦，其语必不止此。或怪孔明文采不艳而过于丁宁周至，陈寿以为亮所言尽众人凡士云云，要之皆文之近于兼爱者也。诗亦有之，王孟闲适，意取含蓄，乐天讽谕，不妨尽言。

这一节话说得很好，也可以应用于学问方面，据我的意见还可以改称为小乘的与大乘的，意思比较更为显明。大家知道佛教里有这一种区分，小乘的人志在自度，证得阿罗汉果，就算完事，大乘的乃是觉有情的菩萨，众生无边誓愿度，必须度尽众生自己才入涅槃。

弄学问的人精进不懈，自修胜业，到得铁杵磨针，功行已满，豁然贯通，便是证了声闻[1]缘觉地位，可以站得住了，假如就此躲在书斋里，那就是小乘的自了汉，有如富翁在家安坐纳福，即使未尝为富不仁，总之也是无益于世的东西。理想的学者乃是在他自己修成胜业之后，再来帮助别人，古人所云，以先知觉后知，以先觉觉后觉就是这个意思，以法施人，在布施度中正是很重要的一种方法。近代中国学者之中也曾有过这样的人，他们不但竭尽心力著成专书，预备藏之名山，传之其人，还要分出好些工夫来，写启蒙用的入门书，例如《说文释例》等书的著者王筠著有《文字蒙求》《正字略》与《教童子法》，《说文通训定声》的著者朱骏声著有《六书假借经征》与《尚书古注便读》，此皆是大乘菩萨之用心，至可佩服者也。

前清以八股文取士，士子在家读经书习文字，只当作敲门之砖，考取后则专令做官，以多碰头少说话为原则，在此时代似乎学问是难望发达的了，可是事实上倒也还并不尽然。极少数的人高尚其志，不求闻

【锺校】

①“闻”原作“问”。

达，以治学为事的也不是没有，此其一。秀才举人不能再上进，或以教职知县用，不很得意，拂袖归去，重理旧业，遂成专门之学，此其二。又或官高望重，无可再升，转而读书，炳烛之明，亦可得一二十年，宾客众多，资料易集，其成绩往往有可观者，此其三。在八股猖獗之世，整理国故的事业居然有相当成就，此在言近三百年来文化者无不予以承认，虽然别的方面成绩就都没有这样的好。民国成立以后，已经经过了三十多年，科举制度代以学校，学问艺文应该大有进步了吧，然而不然。不，也不能说不发达，大概是学风改变了，据我看来似乎并不一定向着好的方面转。从前是先弄几年的经书文字，拿来弋官，做了官自然就与学问远离了，但如上文所说，也有一部分人从八股与官那边退回来的，即使是从中年或老年再弄起头，他却是切实的做下去，至于年寿尽为止。后来则是把弄学问放在前头，先进十五六年的学校，再在研究院提出论文，随后放到社会里去，大半还是做官，与民国以前没有什么两样，可是这样一去之后大抵不再回来的了。以经书文字做敲门砖，本来很是可笑，现在也还是敲门砖，不过是用各科学问与博士论文，这其间大概也说不出有什么高下，所不同的是以前以时文作砖，后来还或有机会回来做学问，现今则以学问作砖，放下之后便难得再拾起来了吧。本来只要学问能够发达，就是暂作敲门砖也无甚妨碍，可是比较起来不大上算，因为昔人后半生弄学问时间颇长，今人移在青年时代这几年里，不大充分。还有一层很重要的事，中年晚年所做的是自己的事业，少有名利的关系，完成胜业固是好事，能够于人有益也是很好的，若是青年写博士研究论文，自然不能这么超然，其态度便难免是小乘的，实在也是莫怪的事。

民国以来整理国故的成绩不能说不好，但其大部分恐怕多是博士论文的性质，要新奇可喜的主张或发现大抵不难，若是大部著作如《说文释例》的既不易得，至于《文字蒙求》似的启蒙小书，那是更难得有人肯做了。为什么呢，写这种小册可以说完全是利人的事，如写专门论著，只要所有知识的十分七八安排得好，便可成功，显得富丽堂皇，写启蒙书只有二分就够了，可是你还得准备十足的知识在那里，选择布置，更须多费气力，人家见了却并不看重。既是事倍功半，而且无名少利，不是对于后辈真心关切的人，谁肯来干这些呆事呢。据鄙人的私见说来，这些新的研究自然也都是很好的，但在现今国故整理尚未成功，古典不曾疏解明白，国学常识还未普及，只靠几位博士先生互相传观他们的新主张与发现，那还是不大够的，此外对于一般后辈的启蒙工作也实不可少，原典的校订注解，入门与工具书的编纂，都是极紧要的事，从前的事也就不算了吧，以后总不能再是这样懈怠下去了。但是，这事期待谁来做呢？我想这也并不太难。大乘的佛教岂不即是从小乘出来的么？这只在态度的一转变间罢了，正如主张为我的人，假如想到“己亦在人中”，或者感到“吾与尔犹彼也”，那么就会得把为我兼爱一以贯之，证了阿罗汉果，再去修菩萨行，不但不是难事，且亦恰是正道也。

说到这里，差不多我所想说的话已经完了，我的希望只是有人在学问方面做点兼爱的工作，于编排自己的大著作之外，再费点工夫替后辈写些适用的小书，虽未免稍为损己，却是大大的利人，功德无量也。这些是什么书呢，我也一时回答不来，还要请各部门的学者自己去斟酌，我所想到的觉得国学常识总是必要的一种吧。这个名称恐怕定得有点不大恰当，难免有人误会以为与国粹有关，其实并不如此。我的意思只是说本国文化学术的大要，青年学生所应当知道的，简要的说一遍，算作常识的一部分，将来必要时会得有用，即使不然，本国的事情多知道一点也总是好的。其次，国史常识我也觉得很重要，这有如自己以及家里的过去的事情，好歹都须得知道个概要。

各种古典与各项学问能够多方面介绍给青年知道都是好的，要紧的事是设法引他入门，于他有益同时也要觉得有兴味。世间常有读经的呼声，鄙人未曾注意，亦思避免说话，现在谈到这些问题，似乎不无牵连，因此也不得不有所说明。鄙人的意思是大概以知为主，希望青年增进知识，修养情意，对于民族与人生多得理解，于持身涉世可以有用而已，若是宗教式的行事，则非少[①]信的鄙人所知矣。窃观昔人论六经，最好者莫过于清初的刘继庄，在所著《广阳杂记》卷二中有一则云：

> 余观世之小人未有不好唱歌看戏者，此性天中之《诗》与《乐》也，未有不看小说听说书者，此性天中之《书》与《春秋》也，未有不信占卜祀鬼神者，此性天中之《易》与《礼》也。圣人六经之教原本人情，而后之儒者乃不能因其势而利导之，百计禁止遏抑，务以成周之刍狗茅塞人心，是何异壅川使之不流，无怪其决裂溃败也。夫今之儒者之心为刍狗之所塞也久矣，而以天下大器使之为之，爰以图治，不亦难乎？

刘君此论极为明通，可谓能深知圣人之用心，此

【锺校】

①“少”原作“小”。

事原难能可贵，但说出却亦平常，无非是本于人情耳。如依据此意，欲使圣人六经之教宣明于世，办法亦殊简单，即照所说的那样，从唱歌看戏小说说书占卜祭祀各端下手，溯流寻源，切实的做去，即是民生问题得了端绪，更不必再抱住刍狗不放了。刘继庄又说，戏文小说乃明王转移世界之大枢机，圣人复起，不能舍此而为治也。他能这样的了解，无怪其深许可金圣叹。圣叹还只是文人，以经书当文学看，与《水浒》《西厢》相并，继庄则更是经世家，以戏文小说当经书看，此深与鄙见相合，觉得须有此见识乃能与之谈经也。若如世俗之说，唯读经乃可以正人心，鄙人既不好辩，且尤畏祸，不想多说，但拟一问题甲曰，中国的老百姓大都心是好的，又问题乙曰，中国的老百姓十九不大识字。这两个问题的答案我想总是一个“是”字，可是这里有一个矛盾。如乙说，老百姓既不识字，即稍识字也总不曾读过经，那么他们的心照例应该不正的，至少要比读书识字的士大夫坏得多，然而又如甲说，老百姓的行为也总未必不及士大夫，或者有人说还要胜过士大夫亦未可知。那么可见必读经而后人心乃正之说不见得是正确，无宁说是中国的人心本来就正，这从老百姓上边可以证明，因其性天中本有经或与经相合的道理，故能与圣人心心相印，不待外力而自然发动，无不中节。如此说法虽似未免稍近理想，却能使我们对于自己民族增加自信，奋发前进，比自认是一群猪猡须俟呼喝鞭策始能挨挤前行者要好得多，且无人以呼喝鞭[①]策者自居，此于世道人心乃更有裨益也。中国现今切要的事，还是如孔子遗训所说，乃是庶、富、教这三段，教与养算来是一与二之比，后之儒者舍养而言教，是犹褓母对于婴孩绝乳糜去襁褓，专以夏楚从事，如俞理初言，非酷则愚矣。鄙人亦知读经如念佛，简单易行，世所尊敬，为自身计，提倡此道，最为得策，但无论如何，即使并无欺世愚民种种心计，亦总之是小乘法，不足听从。我们所期望者乃是舍己为人的法施，此事固未可性急，急亦无用，但是语有之，十室之内必有忠信，百步之内必有芳草，吾安知不旦暮遇之也。

（民国三十四年一月十七日）

【锺校】

① 原无“鞭”字，今增。

杂文的路

我不是文学者，但是文章我却是时常写的，这二者之间本来没有必然的关系，写不写都是各人的自由，所以我在闲空时胡乱的写几篇，大约也无甚妨碍。我写文章为的是什么呢？以前我曾说过，看旧书以代替吸纸烟，历有年所，那时书价还平，尚可敷衍，现在便有点看不起了，于是以写文章代之，一篇小文大抵只费四五张稿纸，加上笔墨消耗，花钱不多，却可以作一二日的消遣，倒是颇合适的。所写的文章里边并无什么重要的意思，只是随时想到的话，写了出来，也不知道是什么体制，依照《古文辞类纂》来分，应当归到那一类里才好，把剪好的几篇文章拿来审查，只觉得性质夹杂得很，所以姑且称之曰杂文。世间或者别有所谓杂文，定有一种特别的界说，我所说的乃是另外一类，盖实在是说文体思想很夹杂的，如字的一种杂文章而已。

杂文在中国起于何时？这是喜欢考究事物原始的人要提出来的一个问题，却很难回答，虽然还没有像研究男女私通始于何时那么的难，至少在我也是说不上来，只能回答这总是古已有之的吧。自从读书人把架上的书分定为经史子集之后，文章显然有了等级，我们对于经部未敢仰攀，史部则门径自别，只好在丙丁两等去寻找，大概那杂家的一批人总该与杂文有点渊源，如杂说类中之《论衡》，杂学类中之《颜氏家训》，我便看了很喜欢，觉得不妨我田引水的把他拉了过来，给杂文做门面。古今文集浩如烟海，从何处找得杂文，真有望洋兴叹之感，依照桐城义法的分类，虽是井井有条，却也没有这样的项目，可知儒林文苑两传中人是不写这种文字的了。前几年翻阅《春在堂集》，不意发见了杂文前后共有七编，合计四十三卷，里边固然有不少的好文章，我读了至今佩服，但各样体制均有，大体与一般文集无异，而独自称曰《春在堂杂文》，这是什么缘故呢。我想曲园先生本是经师，不屑以文人自命，而又自具文艺的趣味，不甘为义法理学所束缚，于是只有我自写我文，不与古文争地位，自序云，体格卑下，殆不可以入集，虽半是谦词，亦具有自信，盖知杂文自有其站得住的地方也。照这样说来，杂文者非正式之古文，其特色在于文章不必正宗，意思不必正统，总以合于情理为准，我在上文说过，文体思想很夹杂的是杂文，现在看来这解说大概也还是对的。

尤西堂《艮斋续说》卷八云：

> 西京一僧院后有竹园甚盛，士大夫多游集其间，文潞公亦访焉，大爱之。僧因具榜乞命名，公欣然许之，数月无耗，僧屡往请，则曰，吾为尔思一佳名未得，姑少待。逾半载，方送榜还，题曰竹轩。妙哉题名，只合如此，使他人为之，则绿筠潇碧为此君上尊号者多矣。

我们现在也正是这样，上下古今的谈了一回之后，还是回过来说，杂文者，杂文也，虽然有点可笑，道理却是不错的。此刻大概不大有人想写收得到《古文释义》里去的文章，结果所能写的也无非是些杂文，各人写得固然自有巧妙不同，然而杂文的方向总是有的，或称之曰道亦无不可，这里所用的路字也就是这个意思。普通所谓道都是唯一的，但在这里却很有不同，重要的是方向，而路则如希腊哲人所说并无御道，只是殊途而同归，因为杂文的特性是杂，所以发挥这杂乃是他的正当的路。现在且分作两点来说，即是文章与思想。中国过去思想上的毛病是定于一尊，一尊以外的固是倒霉，而这定为正宗的思想也自就萎缩，失去其固有的生命，成为泥塑木雕的偶像。现在的挽救方法便在于对症下药，解除定于一尊的办法，让能够思索研究写作的人自己去思想，思想虽杂而不乱，结果反能互相调和，使得更为丰富而且稳定。我想思想怕乱不怕杂，因为中国国民思想自有其轨道，在这范围内的杂正是丰富，由杂多的分子组成起来，变化很不少，而其方向根本无二，比单调的统一更是有意思。唯有脱了轨的，譬如横的或斜的路道，那么这显得要发生冲突，就是所谓乱，当然是不应当奖励的。但是假如思想本是健全的话，遇见这种事情也并不怕，他会得调整成为杂的分子，适宜的予以容纳。只在思想定于一尊而早已萎缩了的国民中间，有如结核菌进了营养不良的身体里边，便将引起纷乱，以至有重大的结果来了。中国向来被称为异端，为正宗的人士所排斥者，有两类思想，一是杨墨，一是二氏。古时候有过孟韩二公竭力嚷嚷过，所以大家都知道这事，其实异端之是否真是那么要不得，谁也说不清，至少有些学者便都不大相信。焦理堂在《论语通释》说得很好，如云：

《记》曰，夫言岂一端而已，各有所当也。各有所当，何可以一端概之。《史记》《礼书》，人道经纬万端，规矩无所不贯。

又云：

唐宋以后，斥二氏为异端，辟之不遗馀力，然于《论语》攻乎异端之文未之能解也。唯圣人之道至大，其言曰，一以贯之。又曰，焉不学，无常师。又曰，无可无不可。

圣人一贯，故其道大，异端执一，故其道小。子夏曰，虽小道必有可观者焉，致远恐泥，是以君子不为也。致远恐泥，即恐其执一害道也。惟其异，至于执一，执一由于不忠恕。杨子唯知为我而不知兼爱，墨子唯知兼爱而不知为我，使杨子思兼爱之说不可废，墨子思为我之说不可废，则恕矣，则不执矣。圣人之道，贯乎为我兼爱者也。善与人同，同则不异。执一则人之所知所行与己不合者皆屏而斥之，入主出奴，不恕不仁，道日小而害日大矣。

焦君的意思以为异端只是一端之说，其毛病在于执一害道，圣人能够取其各有所当之各端而贯通之，便头头是道，犹如为我兼爱之合成为仁也。若是对于异端一一加以攻击，即是学了他们的执一害道，变为不恕不仁，反而有害。这个说法我想是很对的，我说思想宜杂，杂则不至于执一，有大同小异的，有相反相成的，只须有力量贯通，便是整个的了。杨墨之事固其一例，若二氏中之老子本是孔子之师，佛教来自外国，而大乘菩萨之誓愿与禹稷精神极相近，法相与禅又为宋儒用作兴奋剂，去构成性理的体系，其实也已消化了，所有攻击不但全是意气，而且显示出不老实。假如我们现今的思想里有一点杨墨分子，加上老庄申韩的分子，贯串起来就是儒家人生观的基本，再加些佛教的大乘精神，这也是很好的，此外又有现代科学的知识，因了新教育而注入，本是当然的事，而且借他来搅拌一下，使全盘滋味停匀，更有很好的影响。讲人文科学的人如有兴趣来收入些希腊、亚剌伯、日本的成分，尤其有意思，此外别的自然也都很多。我自己是喜杂学的，所以这样的想，思想杂可以对治执一的病，杂里边却自有其统一，与思想的乱全是两回事。归结起来说，写杂文的要点第一思想宜杂，即不可执一，所说或极细小，而所见须大，反过来说时，假如思想不够杂，则还不如写正宗文章，庶几①事半而功倍也。

预备五张稿纸写文章，只写了第一点时纸已用去十分之九，于是这第二点只好简单的说几句而已。杂文的文章的要点，正如在思想方面一样，也宜于杂，

【锺校】

① “庶几”原作“几庶”。

这理由是很显明的，本来无须多说。现在写文章既不用八大家的古文，纯粹方言不但写不出，记录下来也只好通用于一地方，结果自然只好用白话文来写。所谓白话即是蓝青官话，原是南腔北调的，以听得懂写得出为标准，并无一定形式，结果变成一种夹杂的语文，亦文亦白，不文不白，算是贬词固可，说是褒词亦无不可，他的真相本来就是如此。现今写文章的人好歹只能利用这种文体，至少不可嫌他杂，最好还希望能够发挥他的杂，其自然的限度是以能用汉字写成为度。同样的翻回去说一句，思想之杂亦自有其限度，此即是中国人的立场，过此则为乱。

国语文的三类

书架上有一部《宗月锄遗著八种》，寒夜无事，拿下来翻看。末了一种是《历代名人选例汇钞》二卷，分录文诗选本例言，卷上有姚鼐《古文辞类纂类例》和曾国藩《求阙斋经史百家杂钞例》，卧读一过，觉得很有意思。《古文辞类纂》是桐城派的圣书，四十多年前在南京学堂里的时候，仪征刘老师为汉文总教习，叫学生制备这部书，用作圭臬，我们官费生买不起的也只好不买，从同学处却也借了来看过一下。不知怎的对于他的印象还不及《古文观止》的好，文章反正差不多，未必辨得出什么好坏，大抵这还是人的印象的反映，方望溪的刻薄的事后来才知道，当时对我们讲义法的人总觉得是一派假道学，不能引起好感，假道学当然只是那时的猜疑，其实客气总是真的。宗君在类例后面加上小注，也说明云：

陆继辂《合肥学舍札记》云，《类纂》不录

唐顺之《广右战功序》，而归震川寿序录至四首，未免可疑，《出师表》仍俗本加前字亦非。吴敏树与人论文书云，今之称桐城派者，始自乾隆间姚郎中姬传，自以古文法脉传之刘海峰，而海峰固受业方望溪者，故其撰《类纂》一书，遂以方刘续震川，而以震川续八家，明以古今文统系之已也，云云。是其用心所在，人早有以窥之矣。

这种办法本来也并不是姚姬传发明的，推究上去当然是韩退之，而韩退之则又是学孟子的，读过《四书》的人大概都能记得。明赵梦白著《笑赞》中有一则云：

唐朝山人殷安尝谓人曰，自古圣人数不过五，伏羲神农周公孔子，乃屈四指。自此之后，无屈得指者。其人曰，老先生是一个。乃屈五指曰，不敢。赞曰，殷安自负是大圣人，而唐朝至今无知之者，想是不会装圣人，若会装时，即非圣人，亦成个名儒。

赵君是道地的贤人，而对于装圣人名儒者如此说法，岂不痛哉。姚君也并不是没有他自己的本领的人，而无端背上去抗了一个方望溪，又加上归震川与韩退之，倒反弄得自己也爬走不动。比较起来，曾君的《经史百家杂钞》要高明得多了。第一，他不装圣人，要和别人争什么文统。第二，他不像别人那样不敢选经文，书名既列有经史，所钞每类以六经冠其端，尊经与否可不必论，总之他是懂得经史都是文章的。第三，分类也较合理。《类纂》分十三类，派里的人遵奉不敢违，那是当然的，但是我们隔教固然莫名其妙，就是同行的文人也不一定赞同。曾君便把他增减为十一类，用在古文上觉得适当，因为分得颇有条理，如删去赠序类，归并颂赞箴铭于词赋之下，附碑志于传志内，都很不错，所增有叙记典志，意思在于看重史书，但又说明后世古文中不多见，此或出于经世家的意见，与一般论文者自稍有不同耳。

上边说了些闲话，仿佛是想来议论古文选本的好歹，其实并不是如此，我所觉得有意思的乃是因了古文的分类而想到我们的国语文的体制。我看《杂钞》的十一类中，只有其一论著，其三序跋，其六书牍，其十一杂记，这四类的文章现在我们能够写，其馀的便有点困难，实在也是不大有此需要。例如其二词赋，这就为才力所限，用国语文又难用韵，只好敬谢不敏，其四五诏令奏议，现已不用，其七八哀祭传志，虽尚有用处，也总不是人人来得，其九十叙记典志，属于史事典章，更是专门之事了。归结起来，我们用现代国语文写文章，所能做的便只有上面所说的这几类，比较都是不重要的，难怪看惯正宗的古文的先生们要看不起，说这不过是些小品罢了。这实在也是难怪的。即如论著一类，我虽说是现在可以写，其实还很有疑问，据《杂钞例》说明云：“经如《洪范》《大学》《中庸》《乐记》《孟子》皆是。后世诸子曰篇，曰训，曰览，古文家曰原，曰论，曰辨，曰议，曰说，曰解皆是。”

这样说来，现在应当称作学术论文，或建立理论，或考证发明，非思想家学者不能胜任，我们不是弄哲学政治的人，既然不愿学做《原道》这一路的东西，又写不出周秦诸子那种作品来，俗语云，比上不足，比下有馀，那么仔细考索之后大约也就只好断念，把这一类文章题目暂且搁起。这样一来，馀下的只有三类了，篇幅不长，内容也不甚严正，普通正统文人的集子里都是不大收的，无论怎么看法总不免似乎是小品，所以我说是难怪。不过难怪云者乃是宽恕之词，若是依照道理说来，其错误或不通之处还仍是显然存在也。

所谓小品不知是如何定义。最平常的说法是照佛经原义，详者为大品经，略者为小品。我们不去拉扯唐三藏所取来的《大般若经》，就只拿《维摩诘经》过来，与中国的经书相比，便觉得不但孔孟的文章都成了小小品，就是口若悬河的庄生也要愕然失色，决不敢自称为大品了。假如不是说量而是说质，以为凡文不载所谓道，不遵命作时文者，都不合式，那是古已有之的办法，对于正统正宗的文章乃是异端，不只在其品之大小而已。所以小品的名称实在很不妥当，以小品骂人者固非，以小品自称者也是不对，这里我不能不怪林语堂君在上海办半月刊时标榜小品文之稍欠斟酌也。我曾说我们写国语文，并无什么别的大理由，只因写文章必须求诚与达，所以用的必得是国语，而写的也只是上边的这几类，盖古文用起来不顺手，不容易达出真意思，若是去写新古各式的时文，又未免不能诚，这就根本上违反了写文章的本意了。大家岂不愿意做出洋洋洒洒的大文章来，不独自己体面，也可使得人家爱看，可是作文小事，第一不可失信于自己，心口不一，即是妄语，所当切戒，故写国语文者少写大品的文章，有时固是实在不能，有时亦是不为也。说到这里，我的意思已经讲明白了。我们现在用了国语文做工具，想要写出自己的感想和意见来，其方法是直接对读者说话，或依据前言加以发挥，或记事物，结果不出上边说过的几类，但这样便是好的，是正当的方向，我们应当一直的走下去。有才力和兴趣的人不妨去试试小说戏曲，这是新兴的部门，大有发展的馀地，但是在只能写散文的人，则还只得走他的这一条道，路是寂寞，荒芜，而且长，不过这是散文的走路，走下去我相信可走得通。至少要比过去的路程还更有意思，更有希望。

文学史的教训

中国文学史不知道谁做的最好，朋友们所做的也有好几册，看过也都已忘记了，但是在电灯没有的时候，仰卧在床上，偶然想起这里边的几点，和别国的情形来比较看，觉得颇有意思。最显著的一件是，世界各民族文学发生大抵诗先于文，中国则似乎是例外。《诗经》是最古的诗歌总集，其中只有《商颂》五篇，即使不说是周时宋人所作，也总是武丁以后，距今才三千年，可是《尚书》中有《虞书》《夏书》，至今各存有两篇，《尧典》《皋陶谟》云是虞史伯夷所作，《禹贡》亦作于虞时，至于《甘誓》更有年代可稽，当在四千一百五十年前也。《皋陶谟》之末有舜与皋陶的歌三章，只是简单的话而长言之，是歌咏在史上的表现，但其成绩不好总是实在的。外国的事情假如以古希腊为例，史诗一类发达最早，即以现存资料而论，成绩也很好，诃美洛斯与赫西阿陀斯的四篇长诗，除印度以外可以称为世界无比的大作，虽然以时代而论不过只是在中国殷周之际。反复的想起来，中国的《尚书》仿佛即与史诗相当，不过因为没有神话，所以不写神与英雄的事迹，却都是关于政治的事，便只是史而非诗，其所以用散文写的理由或者亦即在此。《国风》《小雅》这一部分在希腊也是缺少，及抒情诗人兴起，则与中国汉魏以来的情形可以相比，没有多大的不同了。讲到散文发达之际，两国又有很相像之点，这件事觉得很有意义，值得加以注意。希腊散文有两个源流，即史与哲学，照中国的说法是史与子，再把六经分析来说，《书》与《春秋》是史，《易》《礼》也就是子了。赫洛陀多斯与都屈迭台斯正与马班相当，梭格拉底与柏拉图仿佛是孔孟的地位，此外诸子争鸣，这情形也有点相似，可是奇怪的是中国总显得老成，不要说太史公，便是《左传》《国语》也已写得那一手熟练的文章，对于人生又是那么精通世故，这是希腊的史家之父所未能及的。柏拉图的文笔固然极好，《孟子》《庄子》却也不错，只是小品居多，未免不及，若是下一辈的亚理士多德这类人，我们实在没有，东西学术之分歧恐怕即起于此，不得不承认而且感到惭愧。希腊爱智者中间后来又分出来一派所谓智者，以讲学授徒为业，这更促进散文的发达，因为那时雅典施行一种民主政治，凡是公民都可参与，在市朝须能说话，关于政治之主张，法律之申辩，皆是必要，这种学塾的势力大见发展，直至后来罗马时代也还如此，虽然政治的意义渐减，其在文章与思想上的影响却是极大的。我所喜爱的古代文人之一，以希腊文写作的叙利亚人路吉亚诺斯，便是这种的一位智者，他的好些名篇可以当作这派的代表作，虽然已是二千年前的东西，却还是像新印出来的，简直是现代通行的随笔，或者称他为杂文也好，因为文章不很简短，所以不大好谥之曰小品。中国散文大概因为他起头很早，在舜王爷的时候已经写了不少，经验多了的缘故吧，左丘明的文笔已是那么漂亮，《战国策》的那些简直是智者的诡辩的那一路，想见苏秦张仪之流也曾经很下过工夫，不过这里只留下头悬梁锥刺股的故事，其教本与窗课等均已不得而知罢了。大约还是如上边所说，因为态度太老成，思想太一统，以后文章尽管发达，总是向宫廷一路走去，贾太傅上书著论，司马长卿作赋，目的在于想得官家的一顾，使我们并辈凡人看了觉得喜欢的实在不大有，恐怕直至现今这传统的作法也还未曾变更。汉魏六朝的文字中我所喜的也有若干，大都不是正宗的一派，文章不太是做作，虽然也可以绮丽优美，思想不太是一尊，要能了解释老，虽然不必归心哪一宗，如陶渊明颜之推等都是好的。古希腊便还不差，除了药死梭格拉底之外，在思想文字方面总是健全的，这很给予读古典文学的人以愉快与慰安。但是到了东罗马时代，尤思帖亚奴思帝令封闭各学塾，于是希腊文化遂以断绝，时为中国梁武帝时，而中国则至唐朝韩退之出，也同样的发生一种变动，史称其文起八代之衰，实则正统的思想与正宗的文章合而定于一尊，至少散文上受其束缚直至于今未能解脱，其为害于中国者实深且远矣。儒家是中国的国民思想，其道德政治的主张均以实践为主，不务空谈，其所谓道实只是人之道，人人得而有之，别无什么神秘的地方，乃韩退之特别作《原道》，郑而重之而说明之曰：尧以是传之舜，舜以是传之禹，禹以是传之汤，汤以是传之文武周公，文武周公传之孔子，孔子传之孟轲，轲之死不得其传焉。其意若曰，于今传之区区耳。案：此盖效孟子之颦，而不知孟子之本为东施之颦，并不美观也。孟子的文章我已经觉得有点儿太鲜甜，有如生荔枝，多吃要发头风，韩退之则尤其做作，摇头顿足的作态，如云，呜呼，其亦幸而出于三代之后，不见黜于禹汤文武周公孔子也，其亦不幸而不出于三代之前，不见正于禹汤文武周公孔子也，这完全是滥八股腔调，读之欲呕，八代的骈文里何尝有这样的烂污泥。平心说来，其实韩退之的诗，如山石荦确行径微，黄昏到寺蝙蝠飞，我也未尝不喜欢，其散文或有纰缪，何必吹求责备，但是不幸他成为偶像，将这样的思想文章作为后人模范，这以后的十代里盛行时文的古文，既无意思，亦缺情趣，只是琅琅的好念，如唱皮黄而已，追究起这个责任来，我们对于韩退之实在不能宽恕。罗马皇帝封闭希腊学堂，以基督教为正宗，希腊文学从此消沉了，中国散文则自韩退之被定为道与文之正统以后，也就渐以堕落，这两者情形很有点相像，所可幸的是中国文学尚有复兴之望，只要能够摆脱这个束缚，而希腊则长此中绝，即使近代有新文学兴起①，也是基督教文化的产物，与以前迥不相同了。

我们说过中国没有史诗而散文的史发达独早，与别国的情形不同，这里似乎颇有意义。没有神话，或者也是理由之一，此外则我想或者汉文不很适合，亦未可知。《诗经》里虽然有赋比兴三体，而赋却只是直说，实在还是抒情，便是汉以后的赋也多说理叙景咏物，绝少有记事的。这些消极方面的怕不足做证

【锺校】

①“起”原作“趣”。

据，我们可以从译经中来找材料。印度的史诗是世界著名的，佛经中自然也富有这种分子，最明显的如《佛所行赞经》五卷，《佛本行经》七卷，汉文译本用的都是偈体。本来经中短行译成偈体，原是译经成法，所以这里也就沿用，亦未可知，但是假如普通韵文可以适用，这班经师既富信心，复具文才，不会不想利用以增加效力的。再找下去，可以遇见弹词以及宝卷。弹词有撰人名氏，现存的大抵都是清朝人所作，宝卷则不署名，我想时代还当更早，其中或者有明朝的作品吧。我们现在且不管他的时代如何，所要说明的只是此乃是一种韵文的故事，虽然夹叙夹唱，有一小部分是说白。其韵文部分的形式有七字成一句，三五字成一句者，有三三四字以三节成一句者，俗名攒十字，均有韵，此与偈语殊异，而词句俚俗，又与高雅的汉文不同。尝读英国古时民间叙事小歌，名曰拔辣特，其句多落套趁韵，却又朴野有风趣，如叙闺中帐钩云，东边碰着丁冬响，西边碰着响冬丁，仿佛相似。我们提起弹词，第一联想到的大抵是《天雨花》，文人学士一半将嗤笑之，以为文词粗俗，一半又或加以许可，则因其或有裨于风化也。实在这两样看法都是不对的，我觉得《天雨花》写左维明的道学气最为可憎，而那种句调却也不无可取，有如老夫人移步出堂前，语固甜俗，但是如欲以韵语叙此一节，风骚诗词各式既无可用，又不拟作偈，自只有此一法可以对付，亦即谓之最好的写法可也。史诗或叙事诗的写法盖至此而始成功，唯用此形式乃可以汉文协韵作叙事长篇，此由经验而得，确实不虚，但或古人不及知，或雅人不愿闻，则亦无可奈何，又如或新人欲改作，此事不无可能，只是根本恐不能出此范围，不然亦将走入新韵语之一路去耳。不佞非是喜言运命论者，但是因史诗一问题，觉得在语言文字上也有他的能力的限度，其次是国民兴趣的厚薄问题，这里不大好勉强，过度便难得成功。中国叙事诗五言有《孔雀东南飞》，那是不能有二之作，七言则《长恨歌》《连昌宫词》之类，只是拔辣特程度，这是读古诗的公认之事实，要写更长的长篇就只有弹词宝卷体而已。写新史诗的不知有无其人，是否将努力去找出新文体来，但过去的这些事情即使不说教训也总是很好的参考也。

小说发达的情状，中国希腊颇有点近似，但在戏曲方面则又截然不同，说来话长，今且不多谈，但以关于诗文者为限。现在再就散文说几句，以为结束。中国散文发达比希腊还早，这在世界文学史上是特殊的事，而且连绵四千年这传统一直接连着，至少春秋以来的文脉还活着在国文里，虞夏的文辞则还可以读懂。希腊文化为基督教所压倒了，可是他仍从罗马间接的渗进西欧去，至文艺复兴时又显露出来，法国的蒙田与英国的培根都是这样的把希腊的散文接种过去，至今成为这两国文艺的特色之一。西洋文学的新潮流后来重复向着古国流过去，希腊想必也在从新写独幕剧与写实小说，中国在这方面原来较差，自然更当努力，只有杂文在过去很有根柢，其发达特别容易点，虽然英法的随笔文学至今还未有充分的介绍，可以知道现今散文之兴盛其原因大半是内在的，有如草木的根在土里，外边只要有日光雨水的刺激，就自然生长起来了。这里我们所要特别注意的是，我们说散文发达由于本来有根柢，这只是说明事实，并非以此自豪，以为是什么国粹，实在倒是因此我们要十分警戒，不可使现代的新散文再陷入到旧的泥坑里去，因为他的根长在过去里边，极是容易有这危险。我在上边说过，左丘明那时候已经有那一手熟练的文章，这一面是很可佩服的事情，一面也就是毛病，我们即使不像韩退之那么专讲摇头摆尾的义法，也总容易犯文胜之弊，便是雅达有馀而诚不足，现今写国语文的略不小心就会这样的做出新的古文来，此乃是正宗文章的遗传病，我们所当谨慎者一。其次则是正统思想的遗传病，韩退之的直系可以不必说了，文学即宣传之主张在实际上并不比文以载道好，结果都是定于一尊，不过这一尊或有时地之殊异罢了。假如我们根据基督教的宗旨，写一篇大文攻击拜物教的迷信，无论在宗教的立场上怎么有理，我既然以文艺为目的，那么这篇文章也就只是“新原道”，没有着笔之价值。过于热心的朋友们容易如此空费气力，心里不赞成韩退之，却无意的做了他的伙计，此为所当谨慎者之二。中国散文的历史颇长，这是可喜的事，但因此也有些不利的地方，我们须得自己警惕，庶几可免，此文学史所给与的教训，最切要亦最可贵者也。

（民国三十四年一月十二日）

十堂笔谈

一　小引

陶渊明所作杂诗之六有句云，昔闻长者言，掩耳每不喜，奈何五十年，忽已亲此事。这种经验大抵各人都曾有过，只是没有人写出来，而且说的这么亲切。其实这也本来是当然的，年岁有距离，意见也自然不能没有若干的间隔。王筠《教童子法》中有一则云：

> 桐城人传其先辈语曰，学生二十岁不狂，没出息，三十岁犹狂，没出息。

这两句话我很喜欢，古人说，狂者进取，少年时代不可无此精神，若如世间所称的一味的少年老成，有似春行秋令，倒反不是正当的事。照同样的道理说来，壮年老年也各有他当然的责务，须得分头去做，不要说陶公诗中的五十，就是六七十也罢，反正都还有事该做，没有可以休息的日子，庄子曰，息我以死，所以唯年寿尽才有休息。但是，说老当益壮，已经到了相当的年纪，却从新纳妾成家，固然是不成话，就是跟着青年跑，说时髦话，也可以不必。譬如走路，青年正在出发，壮年爬山过水已走了若干程，老年走的更多了，这条路是无穷尽的，看看是终于不能走到，但还得走下去。他走了这一辈子，结果恐怕也还是一无所得，他所得的只有关于这路的知识，说没有用也就没有用，不过对于这条路上的行人未必全然无用，多少可以做参考，不要听也别无妨碍。老年人根据自己的经历，略略讲给别人听，固不能把前途说得怎么好，有什么黄金屋或颜如玉，也不至于像火焰山那么的多魔难，只是就可以供给旅行者的参考的地方，想得到时告知一点，这也可说是他们的义务。我们自己有过少年时代，记起来有不少可笑的事，在学堂的六年中总有过一两回几乎除了名，那时正是二十前后，照例不免有点狂，不过回想起当时犯过都为了公，不是私人的名利问题，也还可以说得过去。当时也听了不少的长者的教训，也照例如陶公所云掩耳不喜，这其实是无怪的，因为那些教训大抵就只是诲人谄耳，不听倒是对的，在此刻还历之年想起四十年前长老的话，觉得不大有什么值得记忆，更不必说共鸣了。这样看来，五十之年也是今昔很有不同，并不是一定到了什么年龄便总是那么的想的。一个人自以为是，本来是难免的，总之不能说是对，现在让我们希望，我们的意见或者可以比上一代的老辈稍好一点，并不是特别有什么地方更是聪明了，只是有一种反省，自己从前也有过青年时期，未曾完全忘记，其次是现今因年岁阅历的关系，有些意见很有改变了，这颇有可供后人参考的地方，但并没有一种约束力，叫人非如此不可。因为根据这个态度说话，说的人虽然觉得他有说的义务，听的人单只有听的权利，不听也是随意，可以免去掩耳之烦，盖唯有长者聒聒而谈，强迫少年人坐而恭听，那时才有掩耳之必要也。昔冯定远著《家戒》二卷，卷首题词中有云：

> 少年性快，老年谆谆之言，非所乐闻，不至头触屏风而睡，亦已足矣，无如之何，笔之于书，或冀有时一读，未必无益也。

冯君写家戒，说的是这么明达，我们对青年朋友说话，自然还该客气，仔细想来，其实与平辈朋友说话也无什么不同，大抵只是话题有点选择而已，至于需要诚实坦白本是一样，说的繁简或须分别，但是那也只是论理当如是，却亦不能一定做到也。

民国三十三年十二月十日十堂自记。

二　汉字

这个题目本来应该写作国文国语，但是我的意思很偏重在表现这国文国语的汉字上面，所以这样的写了，因而里面所说的话也就多少有点变动，不能与泛论中国国文国语相同。中国自己原来只有这一种文字，上边不必再加汉这一字的形容，大概自从三百年前满洲文进来之后，这才二者对立起来，有如满汉饽饽或满汉寿材之类，汉文这名称乃一般通行，至于汉字则是新名词，却也很适用，所以现在就沿用这名称以表示中国特有的形声文字。这种文字在艺术文学上有什么美点，在教育上有什么缺点，这些问题暂且不谈，因为说来话长，而且容易我田引水，谈不出结论来。现今想说的只是为中国前途着想，这汉字倒很是有用，我们有应当加以重视之必要。这如说是政治的看法，也非始不可，但在今日中国有好些事情，我觉得第一先应用政治的方①法去看他于中国本身于中国广义的政治上有何利益，决定其价值，从其他标准看出来的评价，即使更为客观更为科学的，也须得放在其次。即如汉字，在外国人特别是在文化系统不同的

【锺校】

①“方”原作“看”。

异民族，感觉极难学，又或在学习诵读写作上，也均比较的不容易，这些或者都是事实也罢，但我们只问这汉字假如对于中国本身是合用的，在政治意味上于中国极有利益，那么这就行了，上边所说的诸种缺点都可暂且搁下不论，而且也可以暂不作缺点论。

汉字在中国的益处是什么呢，我从前写过一篇文章论汉文学的前途，在附记里说过这一节话：

> 中国民族被称为一盘散沙，自他均无异辞，但民族间自有系维存在，反不似欧洲人之易于分裂，此在平日视之或无甚足取，唯乱后思之，正大可珍重。我们翻史书，永乐定都北京，安之若故乡，数百年燕云旧俗了不为梗，又看报章杂志之记事照相，东至宁古塔，西至乌鲁木齐，市街住宅种种色相，不但基本如一，即琐末事项有出于迷信敝俗者，亦多具有，常令览者不禁苦笑。反复一想，此是何物在时间空间中有如是维系之力？思想文字言语礼俗，如此而已。汉字汉语，其来已远，近时更有语体文，以汉字写国语，义务教育未普及，只等待刊物自然流通的结果，现今青年以汉字写文章者，无论地理等等距离间隔如何，其感情思想却均相通，这一件小事实有很大的意义。旧派的人，叹息语体文流行，古文渐

衰微了，新派又觉得还不够白话化方言化，也表示不满意。但据我来看，这在文章上正可适用，更重要的乃是政治上的成功，助成国民思想感情的连络与一致。我们固不必要褒扬新文学运动之发起人，唯其成绩在民国政治上实在比较在文学上为尤大，不可不加以承认。

我在这里再补充几句，我们最大的希望与要求是中国的统一，这应从文化上建立基础，文字言语的统一又为其必要条件。中国虽有好些方言系统，而综合的有国语以总其成，以有极古的传统的汉字纪录之，上贯古今，旁及四方，思想礼俗无不通达，文化的统一赖以维持，此极是幸事也。假如没有这汉字，却用任何拼音文字去写，中国的普通国语文便无法可以读懂，势必须拼写纯粹方言，此在拼写方面或可满意，通行地域亦自有限定，其结果即是文字言语之分裂，一方言区域将成为一小国，中国亦即无形的分裂了。

现今的国语与国①文诚然未为完善，汉字的使用亦有艰难之点，唯因其有维系文化的统一之功用，政治上有极大意义，凡现在关心中国前途的人都应注意予以重视。这个责任首先落在知识阶级尤其是青年的

【锺校】

① 原无“国”字，今增。

身上，大家应当意识的尊重汉字，重要之点约有三端：其一是学术的研究。在大学不必说了，就是在中学也当注意文字学，明了汉字形体的大概，不但可为将来专攻的基本，对于文字构造感到趣味，亦有利于学习文章。其二是适合的书写。古今雅俗，字体不一，各有所宜，用不得当，即可成为别字。须先学得一般通用写法，以应实用，其俗字简笔，约定俗成者，亦应知悉，再加以文字学上的若干古字，随宜用入，以有书卷气为度，便不致误。其三是正确的使用。一个个的汉字，都精细的考虑，照着要说的意思排列下去，有如工女穿珠，要粒粒都有着落，变成整串的东西。世俗敬惜字纸，希望文昌垂佑，盖出于科举时代之迷信，殊为可笑。今特对于祖国文字致其珍重之意，则固是合理的事也。

三　国文

现代的知识青年关于国文至少要养成这两种能力，一能读懂普通的古书，二能写得出普通的国语文。说到古书，中国的情形与西洋各国颇有不同。西洋的文字是拼音的，三四百年前的书便写得很不一样，而且历史都不远，除希腊拉丁文外，简单的说一句，到了十四五世纪有价值的书才出现，现在早已有了翻译注释本，所以一般读者已无读古书之必要，只有专门学者这才直接去从古文书中探取他的资源。中国则从周朝算起，亦已有三千年，虽然字体渐有改变，却是一直用汉字纪录，如今说起书来，差不多就都是古书，我们要想知道一点本国的历史，思想和文学，须得向这里边去寻求。这一大堆的资料，二三千年来多少人的心力所积聚，说杂乱得难利用，好坏都有，也是实在的事，但总之有这一大堆活的资料可用是极难得的，在世间未有其比，除了特殊的若干古典之外，只须少少查考，大抵现代人都能读懂，至少也可通其大意。假如将来文化发达，整理国故的事业努力下去，那些特殊的古典有如《尚书》内之《盘庚》等篇，都有精美的翻译对照本可看，其他古书都经过校订考证注释，一般入门及工具书也大略完备，读者随处得着帮助，利益自然更大，此刻现在可惜还未能如此，所以青年自己的努力最为重要。上边说普通的古书，其范围也就只是一部分史书，儒家道家的几种主要著作，文学书类择要阅读而已，只要对于汉字知道爱重，文字方面有一点基本知识，再加上有想知道本国事情及其传统的热心，用心读去，虽无明师亦易自通，并不是怎么困难的事。

至于写文章，目的在于传达自己的意思，自然不能使用古文，应当写国语文，那是不成问题的。这个理由并不在于二者之是非而在于能否。我曾说过，我们写文章是想将自己的思想和感情表达出来的，能够将思想和感情多写出一分，文章的力量即加增一分，写出得愈多便愈好。文字乃是一种工具，看那种适用便是好的，本来古文或语体都可以用，这里的问题是要看我们是否能用，那一种用的合适罢了。我们在书房里念过十年以上经书的人，勉强写古文也还来得，可是要想像上边所说那样写出传达意思的文章，觉得力有未逮。梁任公的论说与林琴南的小说翻译，总要算是最好的了，我们是写不成，但同时也不能感觉满意，至少在现今有别的写法可用的时候。那么用白话文么，这也未必尽然。说写白话文，便当以白话为标准，而现在白话的标准却不一定，可以解作国语，也可以解作方言，不如说是国语，比较的有个准则，大抵可解释为可用汉字表示的通用白话。他比起方言来或者有些弱点，但他有统一性，可以通行于全中国，正如汉字一样，我们并非看轻方言与拼音字，实在只是较看重国语与汉字，因为后者对于中国统一工作上更为有用。倘若中国政治统一，文化发达，人人能读能写用汉字的国语文，此外更能使用拼音字的方言，那也是很好的事情。鄙人虽老且懒，自己未能再去练习，想写什么越语文学，但对于此现象也很高兴，那是无可疑的。以上两节说的都有点旧式亦未可知，但是，所以说的旧的原因如蒙读者所谅解，则话虽不时新而意不无可取，至少也总是诚实耳。

（十三日）

四　外国语

我觉得现代青年对于外国语的兴趣远不及老前辈的那么热烈深厚，这是很可惜的事。所谓老前辈，当然不是鄙人这一辈的人，说的是前清同治光绪时代的人物，以年纪论，到了现在总该有八十上下了吧。他们虽然有大半世生在前朝，但其学术上的功绩留在民国的却很不少，如今且举二人为例，有如蔡元培与罗振玉。他们的学业这里也不必细叙，大家大抵都已知道，我只想说说他们与外国语的关系。据罗君《集蓼编》所说，光绪戊戌在上海设东文学社，以东文授诸科学，时中国学校无授东文者，入学者众，王国维氏即在其中，罗君时年已三十三矣。蔡君传略中云，戊戌与友人合设一东文学社，学读和文书，是时年亦三十三岁，及丁未赴柏林，始学习德语，则年四十二。这几位老先生有了相当的年纪，却是辛辛苦苦的要学外国语，是什么缘故呢。在那时候，知识阶级中间有一种忧虑，怕中国要被外人瓜分，会得亡国灭种，想要找出一条救国的路来，这就是所谓新学，而要理解新学又非懂得外国语不可。这亡国的忧虑与救国的方法在现今的人看来以为何如，那是别一问题，当时却是诚实的相信的，做新学八股的自然也并不是没有，但有些人总是切实的做去，在学习困难的时代努力去追求，这种精神是很可佩服的。

时光荏苒的过去，离开戊戌已有四十六年之久了，外国语的需要加添，学习的机会亦很多，如在中学须习外国语二种，大学又至少加一种，成为必修的功课，可是学习的兴致却反而减退了。这仿佛有如看报，在五十年前，关心国事的人都觉得非通时务不可，而其唯一方法在于看《申报》，在东南水乡的人定得《申报》展转送到，大概已在半个月二十天之后，亲友好事者又争相借看，往往一两月前的报纸还是看得津津有味。到了近时，对于报纸的信仰也渐减退，固然还是人手一张，可是看报的意思已经与以前不同了。这是时势变迁的关系，或者也是无可如何的事，但总之是可惜的，至少是关于外国语的问题，希望青年再加考虑，多分出一点力气来从事学习。专靠从外国语去求得新学以救国，这个想法或者是太简单太旧一点了也未可知，但是为求知识起见必须多学外国语，这总是无疑的。大家即使未能十分积极的去做，在学校里必修的这一部分既然有学习的机会，总须得竭力的学，一面完了学校的功课，一面也于自己大有利益。

我曾经说过：

> 我的杂学原来不足为法，有老朋友曾批评说这是横通，但是我想劝现代的青年朋友，有机会多学点外国文，我相信这当是有益无损的。俗语云，开一头门，多一路风。这本来是劝人谨慎的话，如今借了来说，学一种外国语有如多开一面门窗，可以放进风日，也可以眺望景色，别的不说，总也是很有意思的事吧。

上边的意思是说借了外国语的帮助多读些书，知识见解益以增进，一般的利益很是不小，若是研究专门学问，外国语自然更是重要，这里无须多说了。

（十四日）

五　国史

国民常识中重要的一部分是国史的知识。据学校里的先生们说，现今学生的本国史的知识却是很缺乏，正是很不幸的事。本来在小学和初中高中，历史教过三转，总该记得一个大概了，但是结果似乎并不好，这是什么缘故呢。或者因为学校太重考试之故吧，听讲的只为应考起见，勉强记忆，等到考过得了分数，便又整个的还给先生了，这也说不定。从前我们在书房里只念四书五经，读得烂熟，却是不能理解，史鉴随意阅看，并不强迫，倒反多少记得，虽然那时所用的只有《纲鉴易知录》《通鉴辑览》这一类的陋书，却也能够使我们知道国史的概要。《论语》是勉强读了的，所以到了中年以后，才来寻找《论语正义》《论语后案》诸书，从新想理会它的意义。由此看来，这原因是很简单的，当作功课做的时候难得发生兴趣，课外又没有资料与机会诱导人去接近史书，说是在学校读书若干年，而史的知识非常缺乏，那是不足怪的。

我们并不说史书是怎么了不得的宝贝，所以非读不可，实在只因国民对于本国的历史须得知道一个概要，深觉得现在这种情形虽然是无怪的，却也是可虑的事，极有救正之必要。有人编成一种适用的简要的通史，可以当参考书也可以做课外读物，自然是最好的办法，不过这件事急切难以希望实现，那么目下的还是在于青年自己努力，找旧材料来姑且应用。没有多大时间读书，或是专心理工方面的人，去找一部比较详明的，例如吕思勉先生编的《本国史》，用心看过一遍，大抵也就够了吧。若是文科系统的不必说了，就是别的人，只要有点时间或兴趣读书的，都应当在这方面多用力，获得国史的知识愈多愈好。这件事似乎也不很难，史学固然是个专门，但如为求常识而读史书，却是别一条路，从看小说也可以走得通的。我曾说过，由《西游记》《水浒传》等，渐至《三国演义》，转到《聊斋志异》，这是从白话入文言的径路。《聊斋》之后，经过了《夜谈随录》一派，一变而转入《阅微草堂笔记》，这样，旧派文言小说的两派都已经入门，便自然而然的跑到《唐代丛书》里边去了。小说本来说是稗史，假如看到《世说新语》《宋琐语》，那已是正史的碎片，读史的能力与兴味亦已养成矣。本来读古文也一样的可以养成读史的能力，不过我不赞成这样做，因为一染了史论的习气，便入了邪道，对于古人往事随意乱道，不但不能从史书得到什么益处，反而心粗气浮，误事匪浅。假如先有了读野史的兴趣，再看正史，他还守着读书的正当态度，不想去妄加判断，只向书中去求得知识，其结果总是无弊的。

这种知识，除通史之外还应注意于近代的一部分。据我的意思，宋元到清最为重要，这一千年中不但内忧外患最多，深刻的显露出中国的虚弱情形，就是文化思想，不论是好是坏，也是从两宋起发生转变，造成现在这状态的。所以治史学的人或者觉得上古史有许多未开发的地方，值得研究，若在我们则情形不同，所应注重的倒反在于近代。古人以史为鉴，就是说当作镜子用，孔子说，殷鉴不远，在夏后之世。镜子同样的可以照美丑，但史鉴的意义渐偏重于鉴戒，这与巴枯宁的话相似，看历史是教我们不要再这样，也是很好的意思，不过说到劝戒便须先定善恶是非，又要走到史论一路去，不很妥当。我们的须得是别一种态度，连鉴戒这一层也都搁起，就只简单的想要知道本国过去的这些事情。我们不先假定知道了有什么用处，其理由只是有知道之必要，正如一个人有知道他的父亲祖父的事情之必要一样。祖父的长寿未必足为荣，父亲的死于肺病也未必是辱，不过在为子孙者这不是没有关系的事，他知道了于生活方针上很有参考的价值，那么用处到底还是有的。我们看见国史上光荣的事固然很高兴，有些扫兴的大小事件，看了扫兴原是当然，但是也不可不注意，而且或者应该反而多加注意才是。这有如说到先人的病与死的地方，要知道其事虽在过去多年之前，同家族与同民族的都是一样，在精神与体质上都有一种微妙的联系，最值得我们的深思与反省。奉劝青年读国史，这意思是极平凡的，只有末了这一节算是个人私见，聊表献芹之意，芹不足贵，但请承受这里的一点诚意耳。

（二十日）

六　博物

我们说看国史有如查阅先人的行状和病时的脉案，那么动植物也够到上说是远年的老亲，总之不是全没有什么关系的，只有矿物恐怕有点拉不上罢了。普通性教育的书，要使儿童理解两性生殖的原理，大抵都是从动植讲起，渐渐的到了人类，不但可以讲得明净而有兴趣，实在也是自然的顺序。手头有两册西文的小书，其一名曰《性是什么》，他先从单细胞的动植物说起，随后一面讲到苔类以及显花植物之生殖，一面接着说过的阿米巴讲到水螅，以后是蚯蚓，蛙，鸡和狗，末了才是人类。其一名曰《小孩是怎么生的》，从风媒花虫媒花说到鱼，鸡和狗，以至于人类，文章更是浅明美丽，适于儿童的阅读，曾见中国译本，原本的醇雅不免稍有损失。这两种书都是以博物的资料为性教育之用，再放大了来说，生物学的知识也未始不可以为整个的人生问题研究之参考资料。在好许多年前我曾这样说过，我不信世上有一部经典可以千百年来当做人类的教训的，只有记载生物的生活现象的比阿洛支，才可供我们参考，定人类行为的标准。这话似乎说的太简括一点，但是我至今还是这样想，觉得知道动植生活的概要，对于了解人生有些问题比较容易，即使只是初中程度的博物知识，如能活用得宜，也就可以应用。分类的一部分看去似不甚重要，但是如《论语》上所说，多识于鸟兽草木之名，与读诗有关，青年多认识种种动植物，养成对于自然之爱好，也是好事，于生活很有益，不但可以为赏识艺文之助。生理生态我想更为重要，从这里看出来的生活现象与人类原是根本一致，要想考虑人生的事情便须得于此着手。我在《谈中国的思想问题》中曾说过：

饮食以求个体之生存，男女以求种族之生存，这本是一切生物的本能，进化论者所谓求生意志，人也是生物，所以这本能自然也是有的。不过一般生物的求生是单纯的，只要达到生存的目的便不问手段，只要自己能够生存，便不惜危害别个的生存，人则不然，他与生物同样的要求生存，但最初觉得单独不能达到目的，须得与别个联络，互相扶助，才能好好的生存，随后又感到别人也与自己同样的有好恶，设法圆满的相处。前者是生存的方法，动物中也有能够做到的，后者乃是人所独有的生存道德，古人云，人之所以异于禽兽者几希，盖即此也。

中国国民的中心思想之最高点为仁，即是此原始的生存道德所发达而成，如不从生物学的立脚地来看，不能了解其意义之深厚。我屡次找机会劝诱青年朋友留意动物的生活，获得生物学上的常识，主要的目的就在这里。其次是希望利用这些知识，去纠正从前流传下来的伦理化的自然观。我们只要一翻开书本，自周朝以至清末，前后二千年间，像甘蔗渣儿嚼了又嚼的，记着好许多怪话，如雀入大水①为蛤，腐草化为萤，蚯蚓与阜螽为偶等，又如羔羊跪乳，乌反哺，枭食母等，皆是。第一类只是奇怪罢了，第二类乃很荒谬，二者虚妄不实虽然相同，后者更要不得，歪曲事实，假借名教，尤为恶性的也。略知动物生态的人，自能明了小羊不跪不便吃奶，乌无家庭，无从找寻老乌，枭只吞食小动物，不能啄食母肉，可以不至于上他的当。人禽有别，人类自有伦理，不必通行及于禽兽，此类虚饰无实之词亟宜清除，以存真相。我们人类不必太为异物操心，只须自己多多反省，勿过徇私欲，违反自然，多做出禽兽所不为之事，如奴隶及卖淫制度等，斯已足矣。

【锺校】

①“水”原作“海”。

七　医学

我们希望大家活用关于动植物的知识，还有关于人身生理的一部分未曾说及，现在便想来利用这些知识了。希腊哲人教人要知道你自己，这从哪里知道起呢，自己的这个身子，总是第一应该知道的吧。古人虽有求知之心，而少此机缘，虽然古来胡乱杀人，却没有学术的解剖，前清道光时王清任想要明了内脏的位置，还只得到从冢里去察看，真可以说是苦学了。自从西洋的医士合信氏给我们译出《全体新论》以来，这件事也就不很困难，及至学校开设，生理卫生列入中学课程里边，有先生按时讲给大家听，考问得不大记得还要扣分数，这样的一来，就是想忘记也很有点难了吧。可是虽不忘记，却是不能活用，也是徒然，我们所虑的便是这一点。在学校书本子上得来了好些的新知识，好像是药材店的许多小抽屉，都一隔一隔的收起来，和历来在家庭社会上得来的更多的旧知识，并排的存着，永不发生关系，随时分别拿出来应用。所以学过生理学，知道骨胳脏腑[1]构造的人，有时还仍旧相信旧书上所说的话，例如女人比男人要多

【锺校】

①“腑”原作“府”。

或是少一根骨头，古时某人是锁子骨的，或静坐炼气，这气可以从丹田往上行，向顶上直钻出去。本来气这说法在古希腊也是有的，沿至欧洲中世还是如此，因为解剖尸体时发见动脉是空的，以为这是气的管子，自血液循环说成立，这气的通路只限定于呼吸系统之内了。中国种种旧说在以前都是想[①]当然的，现今青年已经习得确实的新学说，总当来清算一下子，屏除虚妄，择定一种比较正确的道理，以便有所遵循，勿再模棱两可才是。

再进一步来说，大家既然有了这些知识，关于医学也该有一种了解，即使不想医病，总当具有关于病与药与霉菌的常识，对于医学的尊重之意。我曾这样说过，医疗或是生物的本能，如犬猫之自舐其创是也，但其发达为活人之术，无论是用法术或方剂，总之是人类文化之一特色，虽然与梃刃同是发明，而意义迥殊，中国称蚩尤作五兵，而神农尝药辨性为人皇，可以见矣。医学史上所记便多是这些仁人之用心，不过大小稍有不同，我看了常不禁感叹，觉得假如人类想要找一点足以自夸的文明证据，大约只可求之于这方面吧。我最佩服巴斯德于德法战争中间从啤

【锺校】

① 原无“想”字，今增。

酒里研究出了霉菌的传染，这影响于人类福利者不知既极，外科伤科产科因了消毒的完成，内科因了预防抗毒的发达，一年中不知道要救助了多少人命，这个功德恐怕近世的帝王将相中没有人能及。有西洋医生说，人类的敌人只是霉菌，须得大家联合起来歼灭他才好。这话是很不错的，所以我拿了来转送给本国青年。在七百年前有张从正写了医书十五卷，名曰《儒门事亲》，意思是说事亲者当知医，此书应当一读。其实这岂只是事亲，对于自己及家属以至社会，医与药的常识也都是必要，学校里没有习得的机会，只好自己去找，本国和外国文的都可应用。中国古时医学也曾发达过，可以与希腊罗马相比，可是到了近代便已中绝，即使旧说流传，而无法与现今之生理病理以及霉菌学相连接，鄙人不懂玄学，听之茫然，故在医学一方面，对于国粹了无留恋，所希望大家获得者乃是现代医学的知识，若是医者意也一派的故事只是笔记的资料，我看了好些叶天士薛生白的传说，觉得倒很有趣，却是都不相信也。

（二十四日）

八　佛经

在这个时候，假如劝青年来念佛经，不但人家要骂，就是说话的自己也觉得不大妥当。不过我这里所说的是读佛经，并不是念佛诵经，当然没有什么问题，因为经固然是教中的圣典，同时也是一部书，我们把他当作书来看看，这也会于我们很有益的。旧约是犹太教基督教各派的圣书，我们无缘的人似乎可以不必看的了，可是也并不然。卷头《创世纪》里说上帝创造天地，有云：

> 上帝说，地要发生青草，和结种子的菜蔬，并结果子的树木，各从其类，果子都包着核。事就这样成了。于是地发生青草，和结种子的菜蔬，各从其类，并结果子的树木，各从其类，果子都包着核。上帝看着是好的。

这一节话如说他是事实，大概有科学常识的人未必承认，但是我们当作传说看时，这却很有意思，文章也写得不错。中国讲盘古的故事，仿佛是拿着斧凿在开矿，还有女娲炼石补天的事，无论怎么听总只像童话，但因此也就令人舍不得，所以虽然缙绅先生难言之，却总是留传着，有人爱听，也有人不厌重复的说。佛经里的故事也正是如此，他比旧约更少宗教气味，比中国的讲得更好，更多文学趣味，我劝人可以读点佛经，就是为这个缘故。中国文人著作，据私见说来，唐以前的其文章思想都有本色，其气象多可喜，自宋以后便觉得不佳，虽然别有其他好处亦不能抹煞。总之我对于两晋六朝人的作品很有点儿喜欢，只是这一段落三百年间著作不算多，那么把佛经的一部分归到里边去，可以热闹不少，也是合理的事。我曾赞扬这些译文，多有文情俱胜者，鸠摩罗什为最著，那种骈散合用的文体当然是因新的需要而兴起的，但是恰好的利用旧文字能力去表出新意思，实在是很有意义的一种成就。至于经中所有的思想，当然是佛教精神，一眼看去这是外来的宗教，和我们没甚关系，但是离开凡人所不易领解的甚深义谛，只看取大乘菩萨救世济人的弘愿景行，觉得其伟大处与儒家所说的尧禹稷的精神根本相同，读了令人感激，其力量似乎比经书还要大些。《六度集经》中云：

> 众生扰扰，其苦无量，吾当为地。为旱作润，为湿作筏。饥食渴浆，寒衣热凉。为病作医，为冥作光。若有浊世颠倒[①]之时，吾当于中作佛，度彼众生矣。

此处说理而能与美和合在一起，说得那么好，真是难得。又有把意思寄托在故事里的，虽是容易堕入劝戒的窠臼，却也是写得质朴而美，只觉得可喜，即

【锺校】

①“倒”原作“到”。

或重复类似，亦不生厌，有如读唐以前的志怪，唐代的传奇文只有少数可以相比。这一类书本来不少，不过长篇或是全体用偈时也不大相宜，大抵以《百喻经》一类的譬喻经，《杂宝藏经》《贤愚因缘经》《六度集经》等为最适于翻读，我也未能保证看了一定有什么益处，总之比读俞理初所谓愚儒的愚书要好得多。根据个人的经验来说，在四十年前读了《菩萨投身饲饿虎经》，至今还时时想起，不曾忘记。从前杂览的时候，曾读柏拉图记梭格拉底之死，忒洛亚的女人们的悲剧，以及近代人的有些著作，经过类似的感动有好些回，可是这一次总是特别的深而且久，却又是平静的，不是兴奋而是近于安慰的一种影响。这是宗教文学的力量吧，虽然我是不懂宗教的。我记起《投身饲饿虎经》来的时候，往往连带想到《中山狼传》。这传不著撰人名氏，我在《程氏墨苑》中见到，题宋谢枋得，又见《八公游戏丛谈》中题唐姚合，恐怕都是假托，只是文章却写得有意思。看了这篇文章不会得安慰，但也是很有用的，这与上边的经正是两面，我们连在一处想起来，有如服下一帖配搭好的药，虽苦而或利于病也。

（二十九日）

九　风土志

中国旧书史部地理类中有杂记一门，性质很是特别，本是史的资料，却很多文艺的兴味，虽是小册居多，一直为文人所爱读，流传比较的广。我想这于现代青年也不是没有益处的，颇想劝大家找一点当课外读物去看也好。这一类书里所记的大都是一地方的古迹传说，物产风俗，其事既多新奇可喜，假如文章写得好一点，自然更引人入胜，而且因为说的是一地方的事，内容固易于有统一，更令读者感觉对于乡土之爱，这是读大部的地理书时所没有的。大约在三四十年前，中国曾经提倡过乡土志，还编成几种教本，要在中小学校讲授，养成爱乡心以为爱国的基本，这个意思是很好的，只可惜同别的好些新意思一样，不久就渐渐消灭，没有留下一点儿成绩。新的乡土志将来让我们希望再有一天会得复兴起来，从新编纂出好书来，现在暂且利用一部分旧书，姑且称为风土志零本，小学无可如何，请中学以上的青年随意看看，也是好的。我的本意实在是想引诱他们，是的，我老实的说引诱，进到民俗研究方面去，使这冷僻的小路上稍为增加几个行人。专门弄史地的人不必说，我们不敢去劳驾，假如另外有人，对于中国人的过去与将来颇为关心，便想请他把史学的兴趣放到低的广的方面来，从读杂书的时候起离开了廊庙朝廷，多注意田野坊巷的事，渐与田夫野老相接触，从事于国民生活之史的研究，虽是寂寞的学问，却于中国有重大的意义。这种研究须有切实的训练，还是日后的话，我们现在只是说起头的预备，有如起讲写下且夫二字，不过表示其有此意思而已。

再说古来地理杂记，我觉得他好，就是材料好，意思好，或是文章好的，大约有这几类，都可以看得。其一是记一地方的风物的。单就古代来说，晋之《南方草木状》，唐之《北户录》与《岭表录异》，向来为世所珍重。中国博物之学不发达，农医二家门户各别，士大夫知道一点自然物差不多就只靠这些，此外还有《诗经》《楚辞》《尔雅》的名物笺注而已。其二是关于前代的。因为在变乱之后，举目有山河之异，著者大都是逸民遗老，追怀昔年风景，自不禁感慨系之，其文章中既含有感情分子，追逐过去的梦影，鄙事俚语悉不忍舍弃，又其人率有豪气，大胆的抒写，所以读者自然为之感动倾倒。宋之《梦华》《梦粱》二录，明之《如梦录》《陶庵梦忆》，都是好例。其三[①]是专讲本地的。这本来可以同第一类并算，

【锺校】

①“三”原作“一”。

不过有这一点差别，前者所记多系异地，仿佛用了惊异的眼来看，有点异域趣味，后者则是对于故乡或是第二故乡的留恋，重在怀旧而非知新。我们在北京的人便就北京来说吧，燕云十六州的往事，若能存有记录，未始不是有意思的事，可惜没有什么留存，所以我们的话也只好从明朝说起。明末的《帝京景物略》是我所喜欢的一部书，即使后来有《日下旧闻》等，博雅精密可以超过，却总是参考的类书，没有《景物略》的那种文艺价值。清末的书有《天咫偶闻》与《燕京岁时记》，也都是好的。

民国以后出版的有枝巢子的《旧京琐记》，我也觉得很好，只可惜写得太少耳。近来有一部英文书，由式场博士译成日本文，题曰《北京的市民》，上下两册，承他送给我一部，虽是元来为西洋人而写，叙述北京岁时风俗婚丧礼节，很有趣味，自绘插图亦颇脱俗。我求得原本只有下册，原名曰《吴的阅历》，罗信耀著，可惜没有汉文本，不然倒也是好书，比古书还更有趣些。

我写笔谈总想不要太主观，不知道能否做到，这回却是自己明白，不免有多少私见。古人曾说，有乡下老吃芹菜觉得很美，想去献给贵人，贵人放到口里去只觉得辣辣的，我所做的有点相像也未可知。但是水芹菜现在吃的人很多，因此不妨引以自慰，我的芹菜将来也会有人要吃的吧。

十 梦

我如要来谈梦，手边倒也有些好材料，如张伯起的《梦占类考》，晒书堂本《梦书》，蔼理斯的《梦之世界》，拉克列夫的《梦史》等，可以够用。但是现在来讲这些东西，有什么用处呢。这里所谓梦实在只是说的希望，虽然推究下去希望也就是一种梦。案：佛书上说，梦有四种，一四大不和梦，二先见梦，三天人梦，四想梦。西洋十六世纪时学者也分梦为三种，一自然的，即四大不和梦，二心意的，即先见梦，三神与鬼的，即天人及想梦。现代大抵只分两类，一再现的，或云心意的，二表现的，或云感觉的。其实表现的梦里即包括四大不和梦，如《善见律》云，眠时梦见山崩，或飞腾虚空，或见虎狼狮子贼逐，此是四大不和梦，虚而不实。先见梦据解说云，或昼日见，夜则梦见，此亦不实，则是再现的梦也。天人示现善恶的天人梦，示现福德罪障的想梦，现在已经不再计算，但是再现的梦里有一部分是象征的，心理分析学派特别看重，称曰满愿的梦，以为人有密愿野望，为世间礼法所制，不能实现，乃于梦中求得满足，如分析而求得其故，于精神治疗大有用处。此系专门之事，唯如所说其意亦颇可喜，我说希望也就是一种梦，就此我田引水，很是便利。不过希望的运命很不大好，世人对于梦倒颇信赖，古今来不断的加以占释，希望则大家多以为是很渺茫的。希腊传说里有班陀拉的故事，说天帝命锻冶神造一女人，众神各赠以美艳，工巧，媚惑与狡狯，名曰班陀拉，意云众赐，给厄比美透斯为妻，携有一匣，嘱勿启视。班陀拉好奇，窃发视之，一切罪恶疾病悉皆飞出，从此人间无复安宁，唯希望则尚闭存匣底云。希望既然不曾飞出来，那么在人间明明没有此物，传述这故事的人不但是所谓憎女家，亦由此可知是一个悲观论者，大概这二者是相连的也未可知。但是仔细想来，悲观也只是论而已，假如真是悲观，这论亦何必有，他更无须论矣。俗说云，有愚夫卖油炸鬼，妻教之曰，二文一条，如有人给三文两条者，可应之曰，如此不如自吃，切勿售与。愚夫如教，却随即自吃讫，终于一条未卖，空手而回。妻见惊诧，叱之曰，你心里想着什么？答曰，我现在想喝一碗茶。这只是一个笑话，可知希望总是永存的，因为愚夫的想头也就本来是希望也。

说到这里，我们希望把自己的想头来整理一下，庶几较为合理，弗为世人所笑。吃油炸鬼后喝茶，我们也是应当想的，不过这是小问题，只关系自身的，此外还该有大一点的希望值得考虑。清末学者焦理堂述其父训词云，人生不过饮食男女，非饮食无以生，非男女无以生生，唯我欲生，人亦欲生，我欲生生，人亦欲生生。这话说得很好，自身的即是小我的生与生生固是重要，国家民族更是托命的本根，此大我的生与生生尤其应当看重，不必多说道理，只以生物的原则来说也是极明了的事。现代青年对于中国所抱的希望当然是很大而热烈，不过意气沮①丧的也未必没有，所以赘说一句，我们无论如何对于国家民族必须抱有大的希望。在这乱世有什么事能做本来是问题，或者一无所成也说不定，但匣子里的希望不可抛弃，至少总要守住中国人的立场。昔人云，大梦谁先觉。如上边所说大的希望即是大梦，我愿谁都无有觉时，若是关于一己的小梦，则或善或恶无多关系，即付之不论可已。

（民国三十三年除夕）

【锺校】

①“沮”原作“阻”。

苦茶庵打油诗

民国二十三年的春天，我偶然写了两首打油诗，被林语堂先生拿去在《人间世》上发表，硬说是“五十自寿”，朋友们觉得这倒好嬉子，有好些人寄和诗来，其手写了直接寄在我这里的一部分至今都还保存着。如今计算起来已是十个年头荏苒的过去了，从书箱的抽屉里把这些手迹从新拿出来看，其中有几位朋友如刘半农、钱玄同、蔡孑民诸先生现今都已不在，半农就在那一年的秋间去世，根据十年树木的例，墓木当已成抱了，时移世变，想起来真有隔生之感。有友人问，今年再来写他两首么。鄙人听了甚为惶悚，唯有采取作揖主义，连称不敢。为什么呢？当年那两首诗发表之后，在南方引起了不少的是非口舌，闹嚷嚷的一阵，不久也就过去了，似乎没甚妨害，但是拨草寻蛇，自取烦恼，本已多事，况且众口烁金，无实的毁谤看似无关重要，世间有些重大的事件往往可由此发生，不是可以轻看的事情。鄙人年岁徒增，修养不足，无菩萨投身饲狼之决心，日在戒惧，犹恐难免窥伺，更何敢妄作文诗，自蹈覆辙，此其一。以前所写的诗本非自寿，唯在那时所作，亦尚不妨移用，此次若故意去做，不但赋得难写得好，而且也未免肉麻了。还有一层，五十岁是实在的，六十岁则现在可以不是这样算，即是没有这么一回事。寒斋有一块寿山石印章，朱文九字云“知堂五十五以后所作”，边款云庚辰禹民，系民国二十九年托金彝斋君所刻。大家知道和尚有所谓僧腊者，便是受戒出家的日子起，计算他做和尚的年岁，在家时期的一部分抛去不计，假如在二十一岁时出家，到了五十岁则称曰僧腊三十。五十五岁以后也便是我的僧腊，从那一年即民国二十八年算起，到现在才有六年，若是六十岁，那岂不是该是民国八十八年么。六十自寿诗如要做的话，也就应该等到那时候才对，现在还早得很呢，此其二。

以上把现今不写打油诗的话说完了，但是在这以前，别的打油诗也并不是不写。这里不妨抄录一部分出来。这都是在事变以后所写的。照年代说来，自民国二十六年十一月至三十二年十月，最近一年间并没有著作。我自称打油诗，表示不敢以旧诗自居，自然更不敢称是诗人，同样地我看自己的白话诗也不算是新诗，只是别一种形式的文章，表现当时的情意，与普通散文没有什么不同。因此名称虽然是打油诗，内容却并不是游戏，文字似乎诙谐，意思原甚正经，这正如寒山子诗，他是一种通俗的偈，其用意本与许多造作伽陀的尊者别无不同，只在形式上所用乃是别一手法耳。我所写的东西，无论怎么努力想专谈或多谈风月，可是结果是大部分还都有道德的意义，这里的打油诗也自不能免，我引寒山禅师为比，非敢攀高，亦只取其多少相近，此外自然还有一位邵康节在，不过他是道学大贤，不好拉扯，故不佞宁愿与二氏为伍，庶可稍免指摘焉。打油诗只录绝句，虽有三四首律诗，字数加倍，疵累自亦较多，不如藏拙为愈，今所录凡二十四首。

其一至二

燕山柳色太凄迷，话到家园一泪垂，
长向行人供炒栗，伤心最是李和儿。

一月前食炒栗，忆《老学庵笔记》中李和儿事，偶作绝句，已忘之矣，今日忽记起，因即录出，时廿六年十二月十一日也。

家祭年年总是虚，乃翁心愿竟何如。
故园未毁不归去，怕出偏门过鲁墟。

二十日后再作一绝，怀吾乡放翁也。先祖妣孙太君家在偏门外，与快阁比邻，蒋太君家鲁墟，即放翁诗所云轻帆过鲁墟者是也。

其三至六

粥饭钟鱼非本色，劈柴挑担亦随缘。

有时掷钵飞空去，东郭门头看月圆。

廿七年十二月十六日作。

禹迹寺前春草生，沈园遗迹欠分明。

偶然拄杖桥头望，流水斜阳太有情。

以下六首均廿一日作。匏瓜庵主人承赐和诗，末一联云，斜阳流水干卿事，未免人间太有情。匏瓜庵指点得很不错。但如致废名信中说过，觉得有此怅惘，故对于人间世未能恝置，此虽亦是一种苦，目下却尚不忍即舍去也。己卯秋日和六松老人韵七律末二句云，高歌未必能当哭，夜色苍凉未忍眠，亦只是此意，和韵难恰好，今不具录。

禅林溜下无情思，正是沉阴欲雪天。

买得一条油炸鬼，惜无白粥下微盐。

×

不是渊明乞食时，但称陀佛省言辞。

携归白酒和牛肉，醉倒村边土地祠。

古有游仙诗，多言道教，此殆是游方僧诗乎，比丘本是乞士，亦或有神通也。戊寅冬至雪夜记。案：

廿八年元日遇刺客，或云掷钵诗几成谶语，古来这种偶然的事盖多有之，无怪笔记上不乏材料也。

其七至八

橙皮权当屠苏酒，赢得衰颜一霎红，
我醉欲眠眠未得，儿啼妇语闹哄哄。

廿八年一月八日作。

但思忍过事堪喜，回首冤亲一惘然。
饱吃苦茶辨馀味，代言觅得杜樊川。

十四日作。

此二诗均为元日事而作，忍过事堪喜系杜牧之句，偶从《困学纪闻》中见到，觉得很有意思，廿三年秋天在日本片濑制一小花瓶，手题此句为纪念，至今尚放在书架子上。

其九至十

廿年不见开元寺，寂寞荒场总一般，
惟念水澄桥下路，骨灰瓦屑最难看。

×

日中偶作寒山梦，梦见寒山喝一声，
居士若知翻着袜，老僧何处作营生。

廿九年十二月七日作。

翻着袜，王梵志诗语，见山谷题跋。

其十一至十二

乌鹊呼号绕树飞，天河暗淡小星稀，
不须更读枝巢记，如此秋光已可悲。

×

一水盈盈不得渡，耕牛立瘦布机停，
剧怜下界痴儿女，笃笃香花拜二星。

三十年七夕作。

其十三

河水阴寒酒味酸，乡居况味不胜言，
开门偶共邻翁话，窥见庵中黑一团。

十二月三十日灯下作。

其十四

年年乞巧徒成拙，乌鹊填桥事大难，
犹是世尊悲悯意，不如市井闹盂兰。

三十一年七月十八日作。

其十五至十六

野老生涯是种园，闲衔烟管立黄昏，
豆花未落瓜生蔓，怅望山南大水云。

夏中南方赤云弥漫，主有水患，称曰大水云。

大风吹倒坟头树，杉叶松毛着地铺。
惆怅跳山山下路，秋光还似旧时无。

十月三十日所作。

其十七

生小东南学放牛，水边林下任嬉游，

廿年关在书房里，欲看山光不自由。

十二月十四日作。

其十八至二一

多谢石家豆腐羹，得尝南味慰离情。

吾乡亦有姒家菜，禹庙开时归未成。

三十二年四月十日至苏州游灵岩山，在木渎午饭，石家饭店主人索题，为书此二十八字，壁间有于右任句云，多谢石家鲃肺汤，故仿之也。

我是山中老比丘，偶来城市作勾留，

忽闻一声劈破玉，漫对明灯搔白头。

十一日晚在苏州听歌作。

一住金陵逾十日，笑谈𫗦啜破工夫，

疲车羸马招摇过，为吃干丝到后湖。

十四日友人邀游玄武湖作。

脱帽出城下船去，逆流投篙意何如。

诗人未是忘机客，惊起湖中水活卢。

水活卢，越中俗语，船娘云水胡卢，即䴙䴘是也。以上二首均作于十六日夜车中。

其二二至二四

山居亦自多佳趣，山色苍茫山月高，

掩卷闭门无一事，支颐独自听狼嗥。

×

涧中流水响澌澌，负手循行有所思，
终是水乡馀习在，关心唯独贺家池。

×

镇日关门听草长，有时临水羡鱼游，
朝来扶杖入城市，但见居人相向愁。

十月四日晨作。

这些以诗论当然全不成，但里边的意思总是确实的，所以如只取其述怀，当作文章看，亦未始不可，只是意少隐曲而已。我的打油诗本来写的很是拙直，只要第一不当他作游戏话，意思极容易看得出，大约就只有忧与惧耳。孔子曰，仁者不忧，勇者不惧。吾侪小人诚不足与语仁勇，唯忧生悯乱，正是人情之常，而能惧思之人亦复为君子所取，然则知忧惧或与知惭愧相类，未始非人生入德之门乎。从前读过《诗经》，大半都已忘记了，但是记起几篇来，觉得古时诗人何其那么哀伤，每读一过令人不欢。如《王风·黍离》云，知我者谓我心忧，不知我者谓我何求，悠悠苍天，此何人哉。其心理状态则云中心摇摇，终乃如醉以至如噎。又《兔爰》云，我生之初，尚无为，我生之后，逢此百罹，尚寐无吪。《小序》说明原委，则云君子不乐其生。幸哉我们尚得止于忧惧，这里总还有一点希望，若到了哀伤则一切已完了矣。大抵忧惧的分子在我的诗文里由来已久，最好的例是那篇《小河》，民国八年所作的新诗，可以与二十年后的打油诗做一个对照。这是民八的一月廿四日所作，登载在《新青年》上，共有五十七行，当时觉得有点别致，颇引起好些注意。或者在形式上可以说，摆脱了诗词歌赋的规律，完全用语体散文来写，这是一种新表现，夸奖的话只能说到这里为止，至于内容那实在是很旧的，假如说明了的时候，简直可以说这是新诗人所大抵不屑为的，一句话就是那种古老的忧惧。这本是中国旧诗人的传统，不过他们不幸多是事后的哀伤，我们还算好一点的是将来的忧虑。其次是形式也就不是直接的，而用了譬喻，其实外国民歌中很多这种方式，便是在中国，《中山狼传》里的老牛老树也都说话，所以说到底连形式也并不是什么新的东西。鄙人是中国东南水乡的人民，对于水很有情分，可是也十分知道水的利害，《小河》的题材即由此而出。古人云，民犹水也，水能载舟，亦能覆舟。法国路易十四云，朕等之后有洪水来。其一戒惧如周公，其一放肆如隋炀，但二者的话其归趋则一，是一样的可怕。把这类的思想装到诗里去，是做不成好诗来的，但这是我诚恳的意思，所以随时得有机会便想发表，自《小河》起，中间经过好些文诗，以至《中国的思想问题》，前后二十馀年，就只是这两句话，今昔读者或者不接头亦未可知，自己则很是清楚，深知老调无变化，令人厌闻，唯不可不说实话耳。打油诗本不足道，今又为此而有此一番说明，殊有唐丧时日之感，故亦不多赘矣。

民国甲申，九月十日。

文坛之外

近二十年来常站在文坛之外，这在我自己觉得是很有幸的事。其实当初也曾有过一个时期，曾以文人自居，妄想做什么文学运动，《域外小说集》的时代不必说了，民国十一年一月写《自己的园地》那篇文章，里面便明说，我们自己的园地是文艺。文学研究会成立，我也是发起人之一，那篇宣言是大家委托我起草的，曾登在《新青年》八卷五号上，所以我至今保留着。宣言共分三点，除联络感情与增进知识外，其第三项云：

> 三，是建立著作工会的基础。将文艺当作高兴时的游戏或失意时的消遣的时代，现在已经过去了。我们相信文学是一种工作，而且又是于人生很切要的一种工作，治文学的人也当以这事为他终身的事业，正同劳农一样。所以我们发起本会，希望不但成为普通的一个文学会，还是著作

同业的联合的基本，谋文学工作的发达与坚固。这虽然是将来的事，但也正是我们的一个重要的希望。

这个工会的主张在当时发起人虽然都赞成，却是终于不能实行，所以文学研究会前后活动了十年，也只是像平常一个文学团体那么活动，未能另外有什么成就。这大约也是无怪的，一个团体成立，差不多就是安上一根门槛，有主义的固然分出了派别，不然也总有彼我之别，再求联合不大容易。我在文学研究会里什么事都没有做，只是把翻译的短篇小说从前登在《新青年》的分出来送到《小说月报》去，始终没有能够创作或有什么主张，在该会存在时我仍是会员，但是自己是文人的自信却早已消灭，这就是说文学店已经关门了。我曾说以看书代吸纸烟，写文章或者可以说以代喝酒吧，我用了这个态度继续写文章，完全以白丁自居，至少也是票友，异于身列乐籍，当可免于被人当作戏子了吧。可是说也奇怪，世间一切职业都可以歇业，譬如车夫不再拉车，堂倌出了饭馆，身分随即变更，别无什么问题，唯有文人似乎是例外，即使自己早经废业，社会上却不承认，不肯把他放免。有友人戏笑说，文人做过文章，便是已经有案，不能再撤消的了。这样说来，文人与小偷一样，固然已够苦恼了，其实前科一犯虽名列黑表，只要安分下去也可无事，歇业不得的文人其情形倒是像吾乡的堕贫，日本旧有秽多亦是同类，解放之后仍旧是新平民，欲求为凡人而不可得，可谓不幸矣。鄙人颇想建议，请内政部批准此项文人歇业呈报，准予放免，虽未能算作仁政，但于人民有利，也总可以说是惠政之一吧。

我在文坛之外蹲着，写我自己的文章，认为与世无争，可以相安无事，可是实际上未必能够如此，这又使我很觉得为难了。据自己的经验和观察，我有一种意见想起来与时代很有点不相容，这便是我的二不主义，即是一不想做喽啰，二不想做头目。虽然我自己标榜是儒家，实在这种态度乃是道家的，不过不能彻底的退让，仍是不能免于发生冲突。因为文坛上很是奇怪，他有时不肯让你不怎么样，譬如不许可不做喽啰，这还是可以了解的，但是还有时候并不许可不做头目。假如彻底的退让，一个人完全离开了文化界，纯粹的经商或做官，那么这自然也就罢了，但是不容易这样办，结果便要招来种种的攻击。遇见过这种事情的人大约不很少，我也就是其一。平常应付的办法大概只是这两种，强者予以抵抗，弱者出于辩解。可是在我既不能强也不能弱，只好用第三种法子，即是不理会，这与二不主义都是道家的作风，在应付上不能说没有效用，但于自己不利也还是一样，因为更增加人家的不喜欢。这也是无可如何的事。对于别人的攻击予以抵抗，也即是反攻，那是很要用力气的，而且计算起来还是利少害多，所以我不想这样做。第一，人家攻击过来，你如慌忙应接，便显得攻击发生了效力，他们看了觉得高兴。其次，反攻时说许多话，未必句句有力，却都是对方的材料，可以断章取义或强辞夺理的拿去应用，反而近于赍盗粮了。只有不理会才可以没有这两种弊病，而且如不给与新资料，攻击也不容易继续，假如老是那一套话，这便会显露出弱点来，如非论据薄弱便是动机不纯，不足以惑人听闻了。这些抵抗的方法，无论是积极的反攻或是消极的沉默，只要继续下去，都可以应付攻击，使之停止，可是这停止往往不是真的停止而是一种转换，剿如不成则改用抚，拘如不行则改用请。单只是不肯做喽啰的人这样也就没有话了，被人请去做个小头目也还没啥，这一场争斗成了和棋，可以就此了结，假如头目也不愿意做，那么不能这样就算，招抚不成之后又继以攻剿，周而复始，大有四日两头发疟子之概矣。辩解呢怎么样，这也没有什么用处。我曾经说过，有些小事情被人误解，解说一下似乎可以明白，但是事情或者排解得了，辩解总难说得好看。大凡要说明我的不错，势必同时须得说别人的错，不然也总要举出些隐密的事来做材料和证佐，这却是不容易说得好，或是不大想说的，那么即使辩解得有效，但是说了这些寒伧话，也就够好笑，岂不是所得不偿所失么。有人觉得被误解以至被损害侮辱都还不在乎，只不愿说话得宥恕而不免于俗恶，这样情形也往往有之，即如我也就是这样想的。至于本非误解而要这样说了做攻击的资料，那是成心如此做，说明更没有用，或者愈说愈糟也未可知。相传倪云林为张士信所窘辱，绝口不言，或问之，答曰，一说便俗，这是最为明达的办法。遇见上述的攻击而应以辩解，实只是降服的初步，而且弄得更不好看，有如老百姓碰见瘟官，于打板子之先白叫上许多青天大老爷，难免为皂隶们所窃笑也。

这样说来，那么我是主张极端的忍耐的了，这也不尽然。在《遇狼的故事》那篇文章中我曾说过：

> 模糊普通写作马虎，有做事敷衍之意，不算是好话，但如郝兰皋所说是对于人家不甚计较，觉得也是省事之一法，颇表示赞成，虽然实行不易，不能像郝君的那么道地。
>
> 大抵这只有三种办法。一是法家的，这是绝

不模糊。二是道家的，他是模糊到底，心里自然是很明白的。三是儒家的，他也模糊，却有个限度，仿佛是道家的帽，法家的鞋，可以说是中庸，也可以说是不彻底。我照例是不能彻底的人，所以至多也只能学到这个地位。前几天同来客谈起，我比喻说，这里有一堵矮墙，有人想瞧瞧墙外的景致，对我说，劳驾你肩上让我站一站，我谅解他的欲望，假如脱下皮鞋的话，让他一站也无什么不可以的。但是，若是连鞋要踏到头顶上去，那可是受不了，只得谨谢不敏了。不过这样并不怎么容易，至少也总比两极端的做法为难，因为这里需要一个限度的酌量，而且前后又恰是那两极端的一部分，结果是自讨麻烦，不及彻底者的简单干净。而且，定限度尚易，守限度更难。你希望人家守限制，必须相信性善说才行，这在儒家自然是不成问题，但在对方未必如此，凡是想站到别人肩上去看墙外，自以为比墙还高了的，岂能尊重你中庸的限度，不再想踏上头顶去呢。那时你再发极，把他硬拉下去，结局还是弄到打架。仔细想起来，到底是失败，儒家可为而不可为，盖如此也。

鄙人少时学读佛书，最初得《菩萨投身饲饿虎

经》，文情俱胜，大受感动，近日重翻《六度集经》，亦反复数过，低徊不能去。其卷五“忍辱度无极”第三之首节云：

> 忍度无极者，厥则云何。菩萨深惟众生识神，以痴自壅，贡高自大，常欲胜彼。官爵国土，六情之好，己[①]欲专焉。若睹彼有，愚即贪[②]嫉。贪嫉处内，瞋毒外施。施不觉止，其为狂醉，长处盲冥矣。展转五道，太山烧煮，饿鬼畜生，积苦无量。菩萨觉之即自誓曰，吾宁就汤火之酷，菹醢之患，终不恚毒加于众生也。

佛教这种怀忍行慈的伟大精神我极是佩服，但是凡人怎么能做得到。其次是中国君子的忍辱，比较的好办，适宜的例可以举出宋朝的富弼来。公少时，人有骂者，或告之曰，骂汝。公曰，恐骂他人。又曰，呼君姓名，岂骂他人耶。公曰，恐同姓名者。据宋宗元在《巾经纂》的注中说，清娄东顾织帘居乡里，和易接物，亦曾有同样的事，可见这个办法还不很难。我说过这是道家的做法，与佛教很不相同，他的根本态度可以说还是贡高自大，不屑和这一般人平等较

【锺校】

①“己”原作“已”。

②“贪”原作“贫”。

量，所以彻底的容忍，如套成语来说大傲若谦，实在也可说得。我平常也多少想学点谦虚，可是总还不能得到这个地步。普通不相干的人无论怎么的说可以不计较，若是特别情理难容的，有如世间相传所谓中山狼的那种事情，就有点看不过去，觉得仿佛是泥鞋踏顶的样子，至少是超过了可恕的限度了。这时候不免要得对狼不敬一下，于是想学君子的前功尽弃，有如炼丹的炉因了凡心一动遂即崩坏，这是道力不足的结果，虽是懊悔也没有用处的。可是仔细想来，这也没有什么大的错。菩萨固然自己愿意投身给饿着的母子老虎去吃，却不曾听说像东郭先生似的为狼所逼，而终于让这畜生吞了下去。还有一说，昔孙叔敖杀两头蛇埋之，恐后人复见，世以为阴德，今如告人以狼所在，俾可远避，纵未可与敖并论，岂非亦是有益于人之一小善乎。鄙人本来站在文坛之外，但如借给人家一肩，亦有窥望坛墙之可能，所以有过那么一回纠缠，可谓烦恼自取，以后当深自警戒，对于文学与坛坫努力敬远，多点头，少说话，学说今天天气哈哈，遇狼之患其可免乎。

上边说的都是过去的一点麻烦事情，现在事过情迁，也不过只当作故事谈谈罢了。要省事最好是少说话，本是正当办法，但是在我恐怕有点不大容易实行，所以这难免只是理想的话，所可能的是虽说话而守住文坛之外的立场，弊害自然也就可以减除不少。为什么少说话不容易，难道真是心爱说话，觉得说闲话是一件快乐事么。这未必然。说话是件苦事，要费精神，费时光，还不免有时招骂，却总是不肯自休，假如不是神灭论者，便会猜想是有小鬼在心头作怪，说得平凡一点，也就是性情难改，如三家村学究之摇头念书，满口虚字耳。鄙人自己估计所写的文章大半是讲道德的，虽然平常极不喜欢道学家，而思想的倾向乃终无法变更，即欲不承认为儒家而不可得，有如皮黄发黑，决不能自夸为白种，良不得已也。所可喜者，这所讲的道德乃是儒家的正统，本于物理人情，其正确超出道学家群之上，要照旧话来说，于人心世道不是没有关系的事。在书房里熟读四书，至今却已全盘忘记，只剩下零星二三章句，想起来觉得有点意思，其最得受用的乃是孔子教诲子路的话，即是知之为知之这一章。我先从不知为不知入手，自己切实的审察，关于某事物你真是有所知识么，这结果大抵是个不字，差不多有百分之九十以上就是这样的打消了。以前自以为有点知道，随便开口的有些问题，现在都搁了起来，不敢再来乱谈，表示十分的谨慎，可是留下来的百分二三的事情，经过考虑觉得稍所有知的，那也就不能不坦白的承认，关于这些问题谈到时便须得不客气的说，即使知道得浅，但总不是虚谬。孔子的教训使我学得了九十分以上的谦虚，同时却也造成了二三分的顽固，即对于有些问题的不客气或不让。自己知道一点的事情，愿意公之于人，只要不为名利，其所言者有利人群，虽或未能比诸法施，薪火相传，不知其尽，亦是有意思的事，学人著书的究极目的大概即在于此。又或以己所知，照视世间种种言说行事，显然多是歪曲误谬，有如持灯照暗陬，灯光所及，遂尔破暗，则匡谬正俗实为当然之结果，虽不好辩，亦岂可得。鄙人于积极的著书立言之事犹病未能，唯平日鉴于乌烟瘴气充塞中国，深觉气闷，读吾乡《王仲任遗书》，对于他的疾虚妄的精神非常佩服，仿佛找着了一条道路，向着这方向如能走到一步是一步，虽然原是蜗牛上竹竿，不知道能够进得多少，但既是想这样做，则纵欲学为多点头少说话，南辕而北辙，殆不可能矣。

以上很啰苏的说明了我写文章的态度，第一，完全不算是文学家，第二，写文章是有所为的。这样，便与当初写《自己的园地》时的意见很有不同了，因为那时说我们自己的园地是文艺，又说，弄文艺如种蔷薇地丁，花固然美，亦未尝于人无益。现在的希望却是在有益于人，而花未尝不美。这恐怕是文人习气之留遗亦未可知，不过只顾实益而离美渐远，结果也将使人厌倦，与无聊的道学书相去不过五十步，无论什么苦心都等于白费了。我的理想是颜之推的家训，但是这怎能企及，明知是妄念，也是取法乎上的意思，所谓虽不能至，心向往之而已。这部《颜氏家训》所表示出来的，理性通达，感情温厚，气象冲和，文词渊雅，可以说是这类著作之极致，后世惜少有知者，唯赵瞰江以老年独为之注，其见识不可及，亦为鄙人所心折者也。

我自前清甲辰执笔学写文章，于今已满四十年，所用名号亦已屡经变换。在民国以前大抵多署独应、仲密，民六以后，在《新青年》等杂志报章上写关于文学的文章，则署真姓名，《语丝》《骆驼草》上用岂明及变化写法，近改号知堂、药堂，亦已有十许年之久矣。现在又想改换，逐渐变化，以至隐姓埋名，而文章要写还是写，希望读者为文而读，不因作者而有赞否的分别。其次，既愿立在文坛之外，名无一定，也可以免于被视为友或敌，多生麻烦。

贩卖百物，都标榜字号，自明信实，唯有米店煤栈，不必如此，而人自信之，若水与火，昔无卖处，所需尤切。写文章者岂敢如此自期许，却亦不可无此做起讲之意耳。书架上有一册书，卷内称《秋影园诗》，而首页题曰“无名氏诗”，似是康熙中刻本，序文亦题作《无名氏诗自序》，其中有云：

> 无名氏非逃名者也，见世之好名者多，凡可以求名者无不为，而特少异于人焉耳。夫名何可求，求则争矣，争则嫉忌嗤笑谄傲附和非毁无不有矣，彼如是以争之，以为得名也，而终于无名。夫名者实之宾也，有其实矣，未有终无名者。……然天下尽争名之人，所见者甚狭小，胜于己则嫉之忌之，不若己则嗤之笑之，贵于己则谄之，卑于己则傲之，同于己则附和之，异于己则非毁之，彼之争名者仅如是而已，而又未尝实能致力于诗，彼以为得名也，而终至无名矣。今无名氏不以名著，令彼争名者读其诗，以无名氏为古人可也，以无名氏为今人亦可也，既无名之可争，尽忘其人己之见，而出其大公无我之心以品题之，安见四海之大，百年之久，岂无真知无名氏之诗者，不忍其名之淹，为之搜其姓氏世里而传之耶。

秋影园主人到底仍是诗人，虽是自称无名氏，题页右首有白文印曰任呼牛马，却终是名心未化，故自序末尾那么的说，但大意很不错，我这里借来颇可应用。我写的不是诗，普通称作随笔，据我自己想也就只是从前白话报的那种论文，因为年代不同，文笔与意见当然有些殊异，但是同在启蒙运动的空气中则是毫无疑义的，所以百年之久那么远的期待盖不可能，也不要品题或赏识，所希望者只是于人不是全然无用而已。人在文坛之外，自然名亦可免列于文籍之中，所以我说是可幸的事，假如这名又变换不一定，那么当然更有好处，至少可以使得读者忘其人己之见，只要所说的话因此能多有一分效力，作者就十分满足，无论什么假名无名都是可以的。这个态度大概有点像以前的幕友，替人家做奏疏拟条陈，只求见诸施行，于民间有利，自己并不想居功或是得名，鄙人固然没有学过申韩，但此意却亦有之，假如想得出什么有利于民国的意思，就是给人借刻也是愿意，可惜目下尚无此希望，偶有零星小文，还只可自怡悦，故亦仍且随时自具花名耳。

（民国三十三年十二月五日，东郭十堂记于北京）

立春以前

我很运气，诞生于前清光绪甲申季冬之立春以前。甲申这一年在中国史上不是一个好的年头儿，整三百年前流寇进北京，崇祯皇帝缢死于煤山，六十年前有马江之役，事情虽然没有怎么闹大，但是前有咸丰庚申之烧圆明园，后有光绪庚子之联军入京，四十年间四五次的外患，差不多甲申居于中间，是颇有意思的一件事。我说运气，便即因为是生于此年，尝到了国史上的好些苦味，味虽苦却也有点药的效用，这是下一辈的青年朋友所没有得到过的教训，所以遇见这些晦气也就即是运气。我既不是文人，更不会是史家，可是近三百年来的史事从杂书里涉猎得来，占据了我头脑的一隅，这往往使得我的意见不能与时式相合，自己觉得也很惶恐，可以说是给了我一种障碍，但是同时也可以说是帮助，因为我相信自己所知道的事理很不多，实在只是一部分常识，而此又正是其中之一分子，有如吃下石灰质去，既然造成了我的脊梁骨，在我自不能不加以珍重也。

其次我觉得很是运气的是，在故乡过了我的儿童时代。在辛丑年往南京当水兵去以前，一直住在家乡，虽然其间有过两年住在杭州，但是风土还是与绍兴差不多少，所以其时虽有离乡之感，其实仍与居乡无异也。本来已是破落大家，本家的景况都不大好，不过故旧的乡风还是存在，逢时逢节的行事仍旧不少，这给我留下一个很深的印象。自冬至春这一段落里，本族本房都有好些事要做，儿童们参加在内，觉得很有意思，书房放学，好吃好玩，自然也是重要的原因。这从冬至算起，祭灶、祀神、祭祖、过年拜岁、逛大街、看迎春、拜坟岁，随后跳到春分祠祭，再下去是清明扫墓了。这接连的一大串，很有点劳民伤财，从前讲崇俭的大人先生看了，已经要摇头，觉得大可不必如此铺张，如以现今物价来计算，一方豆腐四块钱，那么这糜费更是骇人听闻，幸而从前也还可以将就过去，让我在旁看学了十几年，着实给了我不少益处。简单的算来，对于鬼神与人的接待，节候之变换，风物之欣赏，人事与自然各方面之了解，都由此得到启示，我想假如那十年间关在教室里正式的上课，学问大概可以比现在多一点吧，然而这些了解恐怕要减少不少了。这一部分知识，在乡间花了很大的工夫学习来的，至今还是于我很有用处，许多岁时记与新年杂咏之类的书我也还是爱读不置。

上边所说冬季的节候之中，我现在只提出立春来说，这理由是很简单的。因为我说诞生于立春以前，而现今也正是这时节，至于今年是甲申，我又正在北京，那还是不大成为理由的理由。说到这里，我想起别的附带的一个原因，这便是我所受的古希腊人对于春的观念之影响。这里又可以分开来说，第一是希腊春祭的仪式。我涉猎杂书，看中了茀来若博士哈理孙女士讲古代宗教的著作，其中有《古代艺术和仪式》一册小书，给我作希腊悲剧起原的参考，很是有用，其说明从宗教转变为艺术的过程又特别觉得有意义。话似乎又得说回去。《礼运》云："饮食男女，人之大欲存焉，死亡贫苦，人之大恶存焉。"古今中外人情都不相远，各民族宗教要求无不发生于此。哈理孙女士在《希腊神话论》的引言里说：

> 宗教的冲动单向着一个目的，即是生命之保存与发展。宗教用两种方法去达到这个目的，一是消极的，除去一切于生命有害的东西，一是积极的，招进一切于生命有利的东西。全世界的宗教仪式不出这两种，一是驱除的，一是招纳的。

饥饿与无子是人生的最重要的敌人，这个他要设法驱逐他。食物与多子是他最大的幸福。希伯来语的福字原意即云好吃。食物与多子这是他所想要招进来的。冬天他赶出去，春夏他迎进来。

因此无论天上或地下是否已有天帝在统治着，代表生命之力的这物事在人民中间总是极被尊重，无论这是春，是地，是动植物，或是女人。西亚古文明国则以神人当之，叙利亚的亚陀尼斯，弗吕吉亚的亚帖斯，埃及的阿施利斯皆是，忒拉开的迭阿女索斯后起，却盛行于希腊，由此祭礼而希腊悲剧乃以发生，神人初为敌所杀，终乃复生，象征春天之去而复返，一切生命得以继续，故其礼式先号咷而后笑。中国人民驱邪降福之意本不后人，唯宗教情绪稍为薄弱，故无此种大规模的表示，但对于春与阳光之复归则亦深致期待，只是多表现在节候上，看不出宗教的形式与意味耳。冬至是冬天的顶点，民间于祭祖之外又特别看重，语云，冬至大如年，其前夕称为冬夜，与除夕相并，盖为其是季节转变之关捩也。

立春有迎春之仪式，其意义与各民族之春祭相同，不过中国祀典照例由政府举办，民众但立于观众的地位，仪式已近于艺术化，而春官由乞丐扮演，末了有打板子脱晦气之说，则更流入滑稽，唯民间重视立春的感情也还是存在，如前一日特称之曰交春，又推排八字者定年份以立春为准则，假如生于新正而在立春之前，则仍不算是改岁。由此可知春的意义在中国也比新年为重大，老百姓念诵九九等候寒冬的过去，最后云，九九八十一，犁耙一齐出，欢喜之情如见，此盖是农业国民之常情，不分今昔者也。但是乡间又有一句俗语云，春梦如狗屁。冬夜的梦特别有效验，一过立春便尔如此，殊不可解，岂以春气发动故，乱梦颠倒①，遂悉虚妄不实欤。

希腊人对于春的观念我觉得喜欢的，第二是季节影响的道德观。这里恐怕没有绝对的真理，只是由环境而生的自然的结论，假如我们生在严寒酷暑，或一年一日夜的那种地方，感想当然另是一样，只有在中国或希腊，四时正确的迭代，气候平均的变化，这才感觉到他仿佛有意义，把他应用到人生上来。中国平常多讲五行，这个我很有点讨厌，但是如孔子所说，四时行焉，百物生焉，天何言哉，却觉得颇有意思，由此引申出儒家的中庸思想来，倒也极是自然，这与希腊哲人的主张正相合，盖其所根据者亦相同也。人民看见冬寒到了尽头，渐复暖过来，觉得春天虽然死

【锺校】

①“倒”原作“到”。

去，却总能复活，不胜欣喜，哲人则因了寒来暑往而发见盛极必衰之理，冬既极盛，春自代兴，以此应用于人生，故以节为至善，纵为大过，而以格言总之则曰勿为已甚。此在中国亦正可通用，大抵儒道二家于此意见一致，推之于民间一般莫不了解此义，由于教训之传达者半，由于环境之影响盖亦居其半也。老子曰，飘风不终朝，骤雨不终日。鄙人甚喜此语，但是此亦须以经历为本，如或山陬海隅，天象有特殊者，则将不能理会，而其主张或将相反也未可料。昔者赫洛陀多斯著《史记》，记希腊波斯之战，波斯败绩，都屈迭台斯继之，记雅典斯巴达之战，雅典败绩，在史家之意皆以为由于犯了纵肆之过，初不外波斯而内雅典，特别有什么曲笔，此种中正的态度真当得史家之父的称号，若其意见不知学者以为如何，在鄙人则觉得殊有意趣，深与鄙怀相合者也。

上边的话说的有点凌乱，但总可以说明因了家乡以及外国的影响，对于春天我保有着农业国民共通的感情。春天与其力量何如，那是青年们所关心的问题，这里不必多说，在我只是觉得老朋友又得见面的样子，是期待也是喜悦，总之这其间没有什么恋爱的关系。天文家曰，春打六九头，冬至后四十五日是立春，反正一定的。这是正话，但是春天固然自来，老百姓也只是表示他的一种希望，田家谚云，五九四十五，穷汉街头舞，是也。我不懂诗，说不清中国诗人对于春的感情如何，如有祈望春之复归说得如此深切者，甚愿得一见之，匆促无可考问，只得姑且阁起耳。

（民国三十四年一月十日，甲申小寒节中）

几篇题跋

近一年中写有小文数篇，篇幅较短，才千余言，又多序跋之类，因别为一部，总称之曰《几篇题跋》。《板桥家书》序云，几篇家信原算不得文章，如无好处，糊窗糊壁，覆瓿覆盎而已。本文共八首而题曰几篇，即取此意也。甲申旧除夕编校时记。

一 《风雨后谈》序

民国廿六年的春天，编杂文稿为一册，继《风雨谈》之后，拟题名为《风雨后谈》，上海的出版书店不愿意，怕与前书相溷，乃改名《秉烛谈》。现在又有编集的计划，这里所收的二十篇左右都是廿六年所写，与《秉烛谈》正相连续，所以便想利用前回所拟的名称，省得从新寻找很不容易。名曰《后谈》，实在并不就是续编，然而因为同是在那几年中所写，内容也自然有点儿近似。譬如讲一件事情，大抵多从读什么书引起，因此牵扯开去，似乎并不是先有一个主意要说，此其一。文字意趣似甚闲适，此其二。这是鄙人近来很久的缺点，这里也未能免。小时候读贾谊《鹏鸟赋》，前面有两句云，庚子日斜兮鹏集余舍，止于坐隅兮貌甚闲暇。心里觉得希罕，这怪鸟的态度真怪。后来过了多少年，才明白过来，闲适原来是忧郁的东西。喜剧的演者及作者往往过着阴暗的生活，也是人间的实相，而在社会方面看来，有此种种闲适的表示，却又正是人世尚未十分黑暗的证据。我曾谈论明末的王思任，说他的一生好像是以谑为业。他的谑其初是戏笑，继以讥刺，终为怒骂，及至末期，不谑不笑骂，只是平凡的叹息，此时已是明朝的末日也即是谑庵的末日近来了。由此观之，大家可以戏谑时还是天下太平，很值得庆贺也。不佞深幸能够得有闲暇写此闲适的杂文，与国人相见，此乐何极，文字好坏盖可暂且勿论矣。

中华民国三十三年一月十五日，知堂记。

二 《秉烛后谈》序

《秉烛后谈》一卷，所收文二十四篇，除《关于阿Q》外，皆二十六年所作。那一年里写的文章很多，《药味集》中选收四篇，《秉烛谈》中收有十七篇，合计共有四十五篇，此外稿子遗失的如《藏砖小记》等，也还有四五篇吧。本书原意想定名为《风雨后谈》，但是从内容看来，这都是《秉烛谈》以后所写的东西，因缘较近，所以改用今名，好在《秉烛谈》原序也附录在后边，正可以当作一个公共的小引罢。我把本书的目录复看一遍，想起近两年内所写二十几篇的文章来，比较一下，很有感慨，觉得年纪渐大，学无进益，闲适之趣反愈减退，所可叹也。鄙人执笔为文已阅四十年，文章尚无成就，思想则可云已定，大致由草木虫鱼，窥知人类之事，未敢云嘉孺子而哀妇人，亦尝用心于此，结果但有畏天悯人，虑非世俗之所乐闻，故披中庸之衣，着平淡之裳，时作游行，此亦鄙人之消遣法也。本书中诸文颇多闲适题目，能达到此目的，虽亦不免有芒角者，究不甚多，回顾近年之作乃反不逮，现今纸笔均暴贵，何苦多耗物力，写些不入耳的正经话，真是人己两不利矣。因复阅旧稿，而得到反省，这件事却是有益，因为现今所写不及那时的好，这在自己是一种警戒，当思改进，而对于读者可以当作广告，又即是证明本书之佳胜也。

民国甲申，清明节后一日雨中，知堂记。

【附记】 去年春天将旧稿二十四篇编为一集，定名为《风雨后谈》，已写小序，后来因为觉得这些文章都是在《秉烛谈》之后所写，所以又改名为《秉烛后谈》，序文另写，而仓猝未曾印在书里，现在一起收在这里，序虽有两篇，书则本来只是一册而已。

（三十四年一月三十日）

三 《文载道文抄》序

民国二十六年卢沟桥事件发生，中国文化界遭逢一回大难，就我们所知道的说来，黄河以及长江两岸的各地当时一切文化活动全都停止，文艺界的烟消火灭似的情形是大家熟知的最好的例。这是当然的。正如日本东乡大将说过的一句有名的话，因为这是战争呀。可是，这文化上的伤痍却是痊愈得意外的快，虽其痊愈的程度固亦有限，要说恢复也还是很远。在北京，自《朔风》以后，文艺刊物逐渐出来，上海方面则有《古今》《杂志》《风雨谈》等，还有些我们所不曾见到的，出得更多也更是热闹。这些的内容与其成绩，且不必细细分解，就只看这吃苦忍辱，为希求中国文化复活而努力的情形，总之可以说是好现象。这岂不即是中国民族生活力强韧之一种表示么？

在上海南京刊行的杂志上面，看见好些作者的姓名，有的是从前知道的，有的是初次见到，觉得很愉快，这正有如古人所说的旧雨今雨吧。在今雨中间，有两位可以提出来一说，这便是纪果庵与文载道。这里恰好有一个对照，纪君是北人，而文君乃是南人，纪君是真姓名，而文君乃是笔名，——严格的说，应当称为文载道君才对，因为文并不是尊姓。但是同时也有一点交涉，因为两君所写大文的题材颇有相近之处。纪君已出文集名曰《两都集》，文君的名曰《风土小记》，其中多记地方习俗风物，又时就史事陈述感想，作风固各有特色，而此种倾向则大抵相同。鄙人在南京当过学生六年，后来住家北京亦已有二十八年了，对于两都一样的有兴趣，若浙东乃是故乡，我拉（ngala）宁绍同乡，盖钱塘江分界，而曹娥江不分界，遂一直接连下去，土风民俗相通处尤多。自己平常也喜欢写这类文章，却总觉得写不好，如今见到两家的佳作哪能不高兴，更有他乡遇故知之感矣。读文情俱胜的随笔本是愉快，在这类文字中常有的一种惆怅我也仿佛能够感到，又别是一样淡淡的喜悦，可以说是寂寞的不寂寞之感，此亦是很有意思的一种缘分也。

一般做举业的朋友们向来把这种心情的诗文一古脑儿的称之曰闲适，用现今流行语来说，就是有闲云云。《癸巳存稿》卷十二《闲适语》一则云：

> 秦观词云，醉卧古藤阴下，了不知南北。王铚《默记》以为其言如此，必不能至西方净土，其论甚可憎也。……盖流连光景，人情所不能无，其托言不知，意更深曲耳。

俞理初的话本来是很不错的，我只补充说明，闲适可以分作两种。一是安乐时的闲适，如秦观张雨朱敦儒等一般的多是，一是忧患时的闲适，以著书论，如孟元老的《梦华录》，刘侗的《景物略》，张岱的《梦忆》是也。这里边有的是出于黍离之感，有的也还不是，但总之是在一个不很好的境地，感到洚水在后面，对于目前光景自然深致流连，此与劫馀梦想者不同，而其情绪之迫切或者有过无不及，也是可有的事。这固然只是忧患时文学的一式样，但文学反正就是这点力量，即使是别的式样也总还差不多，要想积极的成就事功，还须去别寻政治的路。近读武者小路氏的小说《晓》，张我军君译作“黎明”，第一回中有一节话云：

> 老实说，他也常常地感觉，这个年头儿是不是可以画着这样的画？可是，不然的话，做什么好呢？像我这样的人，岂不是除了拿着诚实无匹的心情来作画以外没有办法的么？

这里我们也正可以引用，来做一个说明。不管是什么式样，只凭了诚实的心情做去，也就行了。说是流连光景，其对象反正也是自己的国与民及其运命，这和痛哭流涕的表示不同，至其心情原无二致，此固一样的不足以救国，若云误国，则恐亦未必遽至于此耳。文君的第二集子曰《文抄》，将在北京出版，属题数语为之喤引。鄙人误入文人道中，有如堕贫，近方力求解脱，洗脚登岸，对于文事戒不复谈，唯以文君著作读过不少，此次刊行鄙人又参与拉纤之工作，觉得义不容辞，拉杂书此，只图凑起数百字可以缴卷而已，别无新义想要陈说也。

中华民国三十三年八月八日，知堂。

四 《希腊神话》引言

《希腊神话》，亚坡罗陀洛斯原著，今从原文译出，凡十万馀言，分为十九章。著者生平行事无可考，学者从文体考察，认定是西历一世纪时的作品，在中国是东汉之初，可以说正是杨子云班孟坚的时代。瑞德的《希腊晚世文学史》卷二关于此书有一节说明云：

> 在一八八五年以前，我们所有的只是这七卷书中之三卷，但在那一年有人从罗马的伐谛冈图

书馆里得到全书的一种节本，便将这个暂去补足了那缺陷。卷一的首六章是诸神世系，以后分了家系叙述下去，如斗加利恩，伊那科斯，亚该诺耳及其两派，贝拉思戈斯，亚忒拉斯，亚索坡斯。在卷二第十四章中我们遇到雅典诸王，德修斯在内，随后到贝罗普斯一系。我们见到忒洛亚战争前的各事件，战争与其结局，希腊各主帅的回家，末后是阿狄修斯的漂流。这些都简易但也颇详细的写出，如有人想得点希腊神话的知识，很可以劝他不必去管那些现代的著述，最好还是一读亚坡罗陀洛斯。

这里给原书作广告已经很够了，颇有力量，可是也还公平实在，所以我可以不再多说话了。其实我原来也是受了这批评的影响，这才决定抛开现代的各参考书而采用这册原典的。这神话集的好处，叙述平易而颇详明，固然是其一。是希腊人自编，在现存书类中年代又算是较早的，这一点也颇重要，是其二。

关于希腊神话，以前曾写过几篇小文，说及那里边的最大特色是其美化。希腊民族的宗教其本质与埃及印度本无大异，但是他们不是受祭司支配而是受诗人支配的，结果便由诗人悲剧作者画师雕刻家的力量，把宗教中的恐怖分子逐渐洗除，使他转变为美的影象，再回向民间，遂成为世间唯一的美的神话。罗马诗人后来也都借用，于是神人的故事愈益繁化，至近代流入西欧，反有喧宾夺主之势，就是名称也多通用拉丁文写法，英法各国又各以方音读之，更是见得混乱了。我们要看希腊神话，必须根据希腊人自己所编的，罗马人无论做得如何美妙，当然不能算在内，亚坡罗陀洛斯虽已生在罗马时代，但究竟是希腊人，我们以他的编著为根据，我觉得这是最可信赖的地方。

我发心翻译这书还在民国廿三年，可是总感觉这事体重难，不敢轻易动笔。廿六年夏卢沟桥变起，闲居无事，始着手移译，至廿七年末，除本文外，又译出弗来若博士《希腊神话比较研究》，哈利孙女士《希腊神话论》，各五万馀言，作本文注释，成一二两章，共约三万言。廿八年以来中途停顿，倏已六载，时一念及，深感惶悚。注释总字数恐比本文更多，至少会有二十万字吧，这须得自己来决定应否或如何注释，不比译文可以委托别人，所以这完全是我个人的责任，非自己努力完成不可的。为得做注释时参考的必要，曾经买过几本西书，我在小文中说及其中的一种云：

这最值得记忆的是汤普生教授的《希腊鸟类

名汇》，一九三六年重订本，价十二先令半。此书系一八九五年初版，一直没有重印，而平常讲到古典文学中的鸟兽总是非参考它不可，在四十多年之后，又是远隔重洋，想要搜求这本偏僻的书，深怕有点近于妄念吧。姑且托东京的丸善书店去一调查，居然在四十年后初次出了增订版，这真是想不到的运气，这本书现在站在我的书橱里，虽然与别的新书排在一起，实在要算是我西书中珍本之一了。

我到书橱前去每看见这本书，心里总感到一种不安，仿佛对于这书很有点对不起，一部分也是对于自己的惭愧与抱歉。我以前所写的许多东西向来都无一点珍惜之意，但是假如要我自己指出一件物事来，觉得这还值得做，可以充作自己的胜业的，那么我只能说就是这神话翻译注释的工作。本文算是译成了，还有馀剩的十七章的注释非做不可，虽然中断了有五年半，却是时常想到，今年炎夏拿出关于古希腊的书本来消遣，更是深切的感觉责任所在，想来设法做完这件工事。现在先将原文第一章分段抄出，各附注释，发表一下，一面抄录过后，注释有无及其前后均已温习清楚，就可继续做下去，此原是一举两得，但是我的主要目的还在于后者，前者不过是手段而已。我的愿望是在一年之内把注释做完，《鸟类名汇》等书恭而敬之的奉送给图书馆，虽然那时就是高阁在书架上看了也并无不安了，但总之还是送他到应该去的地方为是。

不佞少时喜弄笔墨，不意地坠入文人道中，有如堕民，虽欲歇业，无由解免，念之痛心，历有年所矣。或者翻译家可与文坛稍远，如真不能免为白丁，则愿折笔改业为译人，亦彼善于此。完成神话的译注为自己的义务工作，自当尽先做去，此外东西贤哲嘉言懿行不可计量，随缘抄述，一章半偈，亦是法施，即或不然，循诵随喜，获益不浅，尽可满足，他复何所求哉。

民国三十三年八月二十日记。

五 《谈新诗》序

这一册《谈新诗》是废名以前在北京大学讲过的讲义，黄雨君保存着一份底稿，这回想把他公开，叫我写篇小序，这在我是愿意也是应当的。为什么呢，难道我们真是想要专卖废名么，那未必然。这也只因为我对于这件事多少更知道一点罢了。废名在北京大学当讲师，是胡适之兼任国文学系主任的时候，大概是民国二十四年至二十六年。最初他担任散文习作，后来添了一门现代文艺，所讲的是新诗，到第三年预备讲到散文部分，卢沟桥的事件发生，就此中止，这是很可惜的一件事。新诗的讲义每章由北大出版组印出之先，我都见过，因为废名每写好了一章，便将原稿拿来给我看，加上些意见与说明。我因为自己知道是不懂诗的，别无什么可否，但是听[1]废名自讲或者就是只看所写的话，也觉得很有意思，因为里边总有他特别的东西，他的思想与观察。废名自己的诗不知道他愿意不愿意人家拿来出版，这册讲新诗的讲义本来是公开的，现今重刊一回，对于读者有不少益处，废名当然不会有什么异议吧。

废名这两年没有信来，不知道他是否还在家里，五月里试寄一张明信片去，附注上一笔请他告知近况。前几天居然得到回信，在路上走了不到二十天，这实在是很难得的。既然知道了他的行踪，也就可以再寄信去，代达黄雨君的意思，不过回答到来恐怕要在《谈新诗》的出版以后了吧。来信里有一部分关于他自己的生活，说的很有意思：

> 此学校是初级中学，因为学生都是本乡人，虽是新制，稍具古风，对于先生能奉薪米，故生

【锺校】

①“听”原作“讲”。

活能以维持也。小家庭在离城十五里之祠堂，距学校有五十里，且须爬山，爬虽不过五里，五十里路惟以此五里为畏途耳。

后面又说到学问，对于其同乡之熊翁仍然不敬，谓其《新唯识论》一书站脚不住矣，读了觉得很有趣。末了说“于春间动手著一部论，已成四章，旋因教课少暇，未能继续，全书大约有二十章或多，如能于与知堂翁再见时交此一份卷，斯为大幸”。废名的厚意很可感，只是《肇论》一流的书我生怕看不大懂，正如对于从前信中谈道的话未能应对一样，未免将使废名感觉寂寞，深以为歉耳。

民国甲申七月二十日，知堂记于北京。

六 《茶之书》序

方纪生君译冈仓氏所著《茶之书》为汉文，属写小序。余曾读《茶之书》英文原本，嗣又得见村冈氏日本文译本，心颇欢喜，喤引之役亦所甚愿，但是如何写法呢。关于人与书之解释，虽然是十分的想用心力，一定是挂一漏万，不能讨好，唯有藏拙乃是上策，所以就搁下来了。近日得方君电信，知稿已付印，又来催序文，觉得不能再推托了，只好设法来写，这回却改换了方法，将那古旧的不切题法来应用，似乎可以希望对付过去。我把冈仓氏的关系书类都收了起来，书几上只摆着一部陆羽的《茶经》，陆廷灿的《续茶经》，以及刘源长的《茶史》。我将这些书本胡乱的翻了一阵之后，忽然的似有所悟。这自然并不真是什么的悟，只是想到了一件事，茶事起于中国，有这么一部《茶经》，却是不曾发生茶道，正如虽有《瓶史》而不曾发生花道一样。这是什么缘故呢。中国人不大热心于道，因为他缺少宗教情绪，这恐怕是真的，但是因此对于道教与禅也就不容易有甚深了解了罢。这里我想起中国平民的吃茶来。吃茶的地方普通有茶楼茶园等名称，此只是说村市的茶店，盖茶楼等处大抵是苏杭式的吃茶点的所在，茶店则但有清茶可吃而已。茹敦和《越言释》中店字条下云：

> 古所谓坫者，盖垒土为之，以代今人卓子之用。北方山桥野市，凡卖酒浆不托者，大都不设桌子而有坫，因而酒曰酒店，饭曰饭店。即今京师自高粱桥以至圆明园一带，盖犹见古俗，是店之为店，实因坫得名。

吾乡多树木，店头不设坫而用板桌长凳，但其素朴亦不相上下，茶具则一盖碗，不必带托，中泡清茶，吃之历时颇长，曰坐茶店，为平民悦乐之一。士大夫摆架子不肯去，则在家泡茶而吃之，虽独乐之趣有殊，而非以疗渴，又与外国人[1]蔗糖牛乳如吃点心然者异，殆亦意在赏其苦甘味外之味欤。红茶加糖，可谓俗已。茶道有宗教气，超越矣，其源盖本出于禅僧。中国的吃茶是凡人法，殆可称为儒家的，《茶经》云，啜苦咽甘，茶也。此语尽之。中国昔有四民之目，实则只是一团，无甚分别，搢绅之间反多俗物，可为实例。日本旧日阶级俨然，风雅所寄多在僧侣以及武士，此中同异正大有考索之价值。中国人未尝不嗜饮茶，而茶道独发生于日本，窃意禅与武士之为用盖甚大。西洋人读茶之书固多闻所未闻，在中国人则心知其意而未能行，犹读语录者看人坐禅，亦当觉得欣然有会。一口说东洋文化，其间正复多歧，有全然一致者，亦有同而异，异而同者，关于茶事今得方君译此书，可以知其同中有异之迹，至可忻感，若更进而考其意义特异者，于了解民族文化上亦更有力，有如关于粢与酒之书，方君其亦有意于斯乎。

中华民国三十三年十一月二十日。

【锺校】

①“人”原作“入”。

七　《和纸之美》

风雨谈社来信问我一年中的爱读书，这是什么书呢，我自己也一时想不起来。虽然我曾说看旧书以消闲，有如吸纸烟，可是老实说，老看线装书也渐感觉气闷，对于古人本来何必计较，但是话不投机，何苦硬着头皮静听下去，掩卷放下，等于端茶送客，也是正当。在思想上我觉得可佩服的还只是那几个人，一直没有添加。别一方面有些类书，反正不关思想的事，偶然翻看也还可喜，如冯梦龙的《古今笑》与《智囊》，周亮工的《同书》与福申的《续同书》，王初桐的《奁史》，翟灏的《通俗编》等。这些书大都是从前所得，并不在这一年内，而且实际上原只是翻阅消遣，即使觉得他有意思，也总不能算是爱读。至于外国书，英文书是买不起也无从去买，日本书价目公道，可是其无从去买则是一样。在《读卖[1]新闻》上看到出版消息或广告，赶紧写信去定购，大抵十不得一，这种情形差不多在去年已是如此，所以只好知难而退，看看书名就算满足了。

据朋友们说，在北京想买日文书籍，只有这一

【锺校】

①“卖”原作“书”。

法，最好隔日到各书店去一转，也不可存心一定要买什么书，但看店头有什么新到的，见到可买的书便即下手，假如这样一月中去看十五回，必定可以稍有所得。要这么办呢，我既无此时光，无此方便，也并无此决心，那么唯有放弃买书的机会，姑且用酸葡萄主义来作解说，聊以自宽而已。不过话虽如此，我查本年度日记，收到的日本出版的书也有六十五册，其中一部分是别人见赠，一部分是居留东京的友人替我代搜集的，有的原是我所委托，有的却是友人看见此书，觉得于我当有点用处，因此给我寄来的，这一类书在数量上实在比我托买的还要多，这位友人的好意很可感谢。这里边有一册书，是柳宗悦氏著的《和纸之美》，日记上记着于四月三十日收到，我看了日记便想起来了，要说我一年中的爱读书，这册《和纸之美》可以说是的。本年夏天写《我的杂学》这篇文章，在第十四节中曾说及云："柳氏近著《和纸之美》，中附样本二十二种，阅之使人对于佳纸增贪惜之念。"我说近刊，因为此书不是现今出版，其时还在一年前，不过直至今春才能入手罢了。末尾题记云：

昭和十八年九月二十五日刊行，系私家版，不鬻于市，只颁布于亲友之间，本文用纸为武州小川出产，刊行部数计二百册，每册有著者署名。

书本高八寸，宽五寸半，首列和纸样本凡二十二枚，本文三篇，曰《和纸之美》《和纸之教训》《和纸十年》，连后记共计三十六半页。

我对于纸本来有点爱着，以前曾写过一篇小文曰《关于纸》。说起来也觉得寒伧，中国虽说是造纸的祖师国，我们却不曾见过什么好纸，平常只知道连四毛六，总有脆弱之感，棉连最有雅致，印书拓字均佳，而裁尺幅可以供赏玩者却不多见。日本纸均用木皮所制，特多朴茂之趣，宣纸本亦用楮，殆因质太细色太白之故，于书画虽特别相宜，但与日本之楮纸迥殊，无其刚劲之气也。雁皮与三椏等各自有其雅味，不一一具详，唯纸衣纸朱蓝两种则不能忘记，不特可用于装帧，尤令人怀想俳人之行脚，持此类纸衣纸帐而出发，其风趣可想也。柳氏文章三篇，照例是文情俱胜，无庸赘说，前曾得其所著《茶与美》，共文十二篇，亦是特制本，有图二十馀，以陶器为主，亦颇可喜，可与此书相比，唯陶器是照相而纸乃实物，又鄙人知纸之美亦过于陶器，故二者相比，终不能不舍陶器而取纸耳。

（民国甲申十二月一日，东郭十堂）

八 《沙滩小集》序

民国三十三年阴历岁次甲申，但是阴阳历稍有参差，所以严格的说，甲申年应该是从三十三年一月廿五日起，至三十四年二月十一日止才是。这在民国除了是第一次的甲申年以外别无什么意义，可是在以前的历史上，这甲申年却不是寻常的年头儿，第一令人不能忘记的是三百年前崇祯皇帝煤山的事，其次是六十年前中法战役马江的事。青年朋友不喜欢看历史的人或者不大想到亦未可知，我们老一辈的比较更多经忧患，这种感觉自更痛切，鄙人恰巧又是在这一年里降生的，多年住在北京，煤山就在城内，马江虽只是前辈参加，自己是曾身列军籍的，也深感到一种干系。中国人自己不争气，最近这几百年情形弄得很不像样，差不多说不出有哪一年比较的可以称赞，不过特别是我辈甲申生的人想起来更是丧气罢了。在这时候，有友人们想集刊文章，给我作还历的纪念，这在我是万不敢当，而且照上述情形说来，也是很不相称的。不过朋友们的好意很可感激，大家各写一篇文章来汇刊一册，聊以纪念彼此的公私交谊，未始不是有意义的事，虽然交际的新旧不等，有的还不曾相见过，但交谊还是一样，这也觉得很有意思。此集由傅芸子君编辑，名称商量很久，不容易决定，傅君当初拟名为《汉花园集》，本来也很好，但是仔细考虑，汉花园是景山东面的地名，即旧北京大学所在地，其门牌但有一号，只大学一家，怎好霸占了来，固然未必有什么商标权利问题，总之我们也自觉得不好意思。由汉花园再往西南挪移几步，那里有一条斜街，名曰沙滩，倒还不妨借用，于是便称之曰《沙滩小集》。本来想用“沙滩偶语”四字，似乎比较有风趣，但是据故事的联想，偶语未免有点儿违碍，所以终于未曾采用。这里沙滩以地名论固可，反正我们这些人在沙滩一带是常走过的，若广义的讲作沙的滩，亦无不可，在海边沙滩上聚集少数的人，大概也就是二三十名吧，站着蹲着或是坐着，各自说他的故事，此亦大有意义，假如收集为一册书，岂不是有趣味的事，与《十日谈》可以相比么。意大利那时是瘟疫流行，绅士淑女相率避难，在乡村间暂住，闲话消遣，乃得百篇故事，此《十日谈》之本事也。中国现今也正在兵火之中，情形有点相像，人们却别无可逃避之处，故欲求海滨孤岛，蛰居待旦，又岂可得，在这时候大家不能那么高兴的谈讲，那也是当然的了。这集里所收的文章都是承朋友们好意所投寄，也有我自己的混杂在内，我不便怎么说谦逊或是喝彩的话，但总之是极诚实的表示出自己，也表示出在这乱世是这么的还仍在有所努力，还想对于中国有所尽心，至于这努力和尽心到底于中国有何用处，实在也不敢相信。其次，大家合起来出这样一册小集，还有一种意思，便是庄子所说的鱼相濡以沫。这一层意思，我觉得倒是极可珍惜的。

中华民国三十三年十二月七日，周作人撰。

后记

《立春以前》是我的散文集之第二十二册。自民国十二年《自己的园地》出版以后，至今亦已有二十二年，算是每年平均出书一册，也还不多。但是这一册里的文章二十几篇，差不多全是半年中所写，略有十万字左右，那就不能算写得少了吧。这个原因本来也很简单，因为我从前说过，以看书代吸纸烟，近来则又以写文章代看书，利用旧存稿纸笔墨，随时写几页，积少成多，倏忽成册。纸烟吸过化为烟云，书看了之后大半忘记，有点记得的也不久朦胧地成了尘影，想起来都似乎是白花了的，若是做文章则白纸上写黑字，总是可以留存得住，虽然这本身有无价值自然还是一个问题。话虽如此，既然写下来了，如有机会，收集起来设法出版，那也是人情之常，以前的二十一册都已如此的印出来了，这回可以说是照例而已，别的说明原来是无须的，所以这里就不多说了。

我写文章也已不少，内容杂得可以，所以只得以杂文自居，但是自己反省一下，近几年来可以找出两个段落，由此可看得出我的文章与思想的轨道。其一，民国廿九年冬我写一篇《日本之再认识》，正式声明日本研究店的关门，以后对于不懂得的外国事情不敢多开口，实行儒家的不知为不知的教训。其二，民国卅一年冬我写一篇《中国的思想问题》，离开文学的范围，关心国家治乱之源，生民根本之计，如顾亭林致黄梨洲书中所说，本国的事当然关切，而且也知道得较多，此也可以说是对于知之为知之这一句话有了做起讲之意吧。

我对于中国民族前途向来感觉一种忧惧，近年自然更甚，不但因为己亦在人中，有沦胥及溺之感，也觉得个人捐弃其心力以至身命，为众生谋利益至少也为之有所计议，乃是中国传统的道德，凡智识阶级均应以此为准则，如经传所广说。我的力量极是薄弱，所能做的也只是稍有论议而已，却有外国文士见了说这是反动，我听了觉得很有意义，因此觉得恐怕我的路是走得不错的，因为冷暖只有自家知，有些人家的非难往往在己适成为奖励也。以前杂文中道德的色彩，我至今完全的是认，觉得这样是好的，以后还当尽年寿向这方面努力，虽然我这传统的根据却与世界的知识是并行的，我的说话永久不免在新的听了以为旧，在旧的听了以为新，这是无可如何的事。因为如此，我又感觉我的路更没有走错，盖那些人所想象的路大抵多是错的也。

我重看这集子的目录，所惭愧的只是努力不够，本来力量也自然不很大。我写文章虽说是聊以消遣，但意思却无不是真诚的，校读一过，觉得芜杂原不能免，可是对于中国却是多少总有益的吧。说到文章，实在不行的很，我自己觉得处处还有技巧，这即是做作，平常反对韩愈方苞，却还是在小时候中了毒，到老年未能除尽，不会写自然本色的文章，实是一件恨事。立春之后还未写过一篇文章，或者就此暂时中止，未始非佳，待将来学问有进步时再来试作吧。

民国三十四年二月二十八日，知堂记于北京。

图书在版编目(CIP)数据

立春以前/周作人著作;锺叔河编订. —长沙:岳麓书社,2020.10

ISBN 978-7-5538-1216-8

Ⅰ.①立… Ⅱ.①周…②锺… Ⅲ.①散文集—中国—现代
Ⅳ.①I266

中国版本图书馆 CIP 数据核字(2019)第 284639 号

LICHUN YIQIAN

立春以前

周作人著作　锺叔河编订

特约编辑:鄢　琨

责任编辑:蒋　浩

责任校对:舒　舍

书籍设计:风格八号

岳麓书社出版发行

地址:湖南省长沙市爱民路 47 号

直销电话:0731-88804152　0731-88885616

邮编:410006

版次:2020 年 10 月第 1 版

印次:2020 年 10 月第 1 次印刷

开本:787mm×1092mm　1/32

印张:8.25

字数:134 千字

印数:1—6 000

ISBN 978-7-5538-1216-8

定价:28.00 元

承印:长沙鸿发印务实业有限公司

如有印装质量问题,请与本社印务部联系

电话:0731-88884129